空の涙、獣の蜜

CROSS NOVELS

六青みつみ

NOVEL:Mitsumi Rokusei

稲荷家房之介

ILLUST:Fusanosuke Inariya

CROSS NOVELS

CONTENTS

CROSS NOVELS

CONTENTS

CROSS NOVELS

空の涙、獣の蜜

Presented by
Mitsumi Rokusei
with Fusanosuke Inariya

六青みつみ

Illust 稲荷家房之介

第一章

◯ 神来山《かむらいやま》の人身御供《ひとみごくう》 ◯

ソラは神喰邑《かみくいむら》の厄介者《やっかいもの》だ。

両親は流浪の果てに村の外れに住み着いた、いわゆる『余所者《よそ》』で、二年前にあっけなく流行《はや》り病で命を落とすまで、結局村には馴染《なじ》めなかった。それは十二歳で天涯孤独の身となったソラも同じ。他のどの邑でもそうであるように、神喰邑も閉鎖的で排他的な集落だからだ。

邑人たちを責めても仕方ない。耕作できる土地は限られ、収穫量も年々減っている。住人は全員が何かしら血縁関係にあり、厳しい暮らしを支え合うことでなんとか生きていた。そこに縁もゆかりもない人間が流れ着いたとしても、なかなか受け入れてはもらえない。すべては何十年も続いている厳しい気候と不作のせいだ。

「昔はこのあたりも気候が穏やかで、土地も肥えてて、半日働けば充分暮らしていけるくらい豊かだったって、古婆《ふるばあ》が教えてくれた。今でもそんなふうだったら、ソラもこんなに苦労しなくてすんだのにな」

そう慰めてくれたのは、邑で唯一ソラのことを余所者扱いせず、何かと気遣ってくれる、邑長《むらおさ》の息子タケルだ。

「神来山の主《ぬし》が守ってくれてたからだって。だけどいつの頃からか主は姿を消して、それで気候が厳しくなって、土地も瘦《や》せてしまったんだってさ」

「神来山の主…」

「そうだ。主が戻ってくれたら、邑はきっとまた豊かになる。そしたらソラも、こんなふうに朝から晩まで働きづめで息つく間もない暮らしから解放される」

タケルはそう言って、ソラの瘦せすぎて棒きれのような腕を取り、皹《あかぎれ》と肉刺《まめ》だらけの手を、そっとやさしく撫でてくれた。

二年前に両親を亡くして以来、こんなふうにソラにやさしく接してくれるのはタケルだけ。タケルはソラより一歳年上で、邑長の長子らしく責任感と思いやりにあふれた好人物だ。背も高く、最近では筋肉もつきはじめて、立っているだけで邑中の未婚の女たちの視線を集めている。

ひるがえって、ソラの立場はタケルとは対極にある。

もうすぐ十五になるというのに、瘦せっぽちで背は低く、艶《つや》のない黒い髪はいつも適当に切っているせいでざんばら。肌は元の色が分からないほど日に焼けて、土埃《つちぼこり》で汚れている。そして伸びた前髪に半分隠れた黒い瞳には、過酷な人生に対するあきらめが満ちていた。

『余所者』の子なので耕す土地はない。日々の糧《かて》は邑人の手伝いで得ている。草取り、石拾い、畝《うね》作り、収穫といった農作業の他に、家屋の修理や薪《まき》拾い、薪割り、水汲み、火の番、湯の番、蓑や草履や籠の修理、山羊や鳥といった家畜の世話から小屋の掃除など、頼まれ事は山ほどあった。一年中、人手が足りない邑人の誰かしらがソラに仕事を言いつける。

朝は空が白む前に起き出して、夜は皆が寝静まるまで働きずくめ。それでも邑人がソラに感謝することはない。むしろ『手伝わせてやる代わりに食べ物と着る物を与えてやってるんだ、感謝しろ』と言って憚《はばか》らない。

確かにその通りかもしれない。この厳しい土地でソラが独りで生きてゆくのは不可能に近い。朝から晩まで働き通しに働いても蓄えはできず、土地ももらえず、一生邑人全員の下男扱いで終わることを嘆いても、邑を出て野垂《のた》れ死ぬよりはましなのだろう。

少なくとも、この邑にはタケルがいる。

「タケル…」

ソラは一歳年長の少年に撫でてもらった手を胸に当て、それからそっと唇接《くちづ》けた。彼の存在だけが、両親亡きあとのソラにとって、たったひとつの生きる希望になっていた。


「妹が人身御供に選ばれてしまった」

タケルが沈痛な面持《おもも》ちでそうこぼしたのは、ソラが十五歳を迎えた秋の日のことだった。

「人身…御供って?」

「この間小さな地震があっただろ。あれで山の麓《ふもと》の祠《ほこら》が崩れて、中から古い巻物が見つかったんだ。古婆が読み解いてみたら、断絶してた大昔のしきたりのことが記されていたって」

神代《かみよ》の昔、人は神来山の主に百年に一度、ひとりの少年もしくは少女を人身御供として捧げ、主はその礼に山裾一帯の土地の守護と豊穣を約束したという。

「それで…」

「邑の十五歳以下の子ども、全員の名前を書いたクジを作って引いたんだ。そうしたら」

「タケルの妹が…選ばれたの？」

タケルはやる瀬なくうなずいた。妹はソラと同い年。すでに求婚者が何人も現れるくらい、可愛くて聡明な子だ。

「なんで、おれが選ばれなかったんだろ」

ソラは尤《もっと》もな疑問を口にした。人身御供などという物騒な役目ならまず真っ先に、いなくなっても誰も悲しまない自分に白羽の矢が立ったはず。

「俺が反対したんだ。いつもは余所者扱いしてるくせに、こんなときだけ邑の一員として、一方的に役目を押しつけるなんて卑怯《ひきょう》だって」

「タケル…」

「それに、人身御供といっても別に取って喰われるわけじゃないらしい。むしろ神来山の主の傍《そば》で、百年間ずっと若く幸せに暮らせるんだって古婆は言ってた。——だけどそんなの、本当かどうか分からないじゃないか」

神来山は昔から、人が足を踏み入れてはいけない神域として入山を禁じられてきた。それでも何十年に一度かは、禁を犯す者が出る。山には珍しい動植物が棲息し、貴石も豊富にあるらしい。それを取って帰ることができれば暮らしの助けになる。その誘惑に負けるのだ。

しかし禁を犯して入山し、生きて帰った者はいない。皆、無残に変わり果てた骸《むくろ》となり、山麓に打ち捨てられているのを発見される。そして他者への戒《いまし》めとして長く語り継がれ、その恐怖が薄れた頃にまた、禁を破る者が現れる。昔から何度も同じことがくり返されてきた。

「……――」

ソラはなんと言っていいのか分からなくなった。

タケルに庇《かば》ってもらえたのは嬉しい。胸が跳ねすぎて喉から飛び出しそうなほど。けれど皮膚に潜り込んだ小さな棘《とげ》のように、ひとつだけ気にかかる。

「……あのさ、クジには、おれの名前も入ってた？」

「ああ、もちろん」

「そっか」

それを聞いて安心した。タケルはおれのことを余所者だと思ってるわけじゃない。邑の一員として、公平に扱ってくれたんだ。それがとてつもなく嬉しい。

そして同時に申し訳なくなった。

タケルがおれを庇わなければ、タケルの妹が人身御供に選ばれることはなかったのに、と。

タケルも同じように感じていたのかもしれない。

「ソラ…」

溜息とともに名を呼ばれる。その声に含まれた懇願の色を、ソラは聞き分けてしまった。

「……なに？」

「いや、なんでもない」

タケルは何か言いたそうに口籠もったあと、視線を逸《そ》らして枯れ草を爪先で蹴《け》った。

彼が何を言いたいのか、なんとなく分かる。けれどソラからそれを言い出すことはできない。言ってしまえば、タケルと一緒にいられなくなる。それは嫌だ。けれど…、

「ソラ」

もう一度名前を呼ばれ、肩を両手で強くつかまれて、「頼む…」と頭を下げられたとき、ソラの中でコトリ…と何かが動いた。動いたそれに押されて言葉が口から転がり出る。

「――…いいよ。おれがタケルの妹の代わりに、人身御供になる」

告げたとたん、強く抱きしめられた。

「ソラ…！　いいのか、本当に？」

ソラはコクリとうなずいた。元々そうなる運命だったんだ。

タケルが庇ってくれなければ……。だからあきらめられる。

タケルとは会うことができなくなるけど、代わりにずっと覚えていてもらえるかもしれない。

タケルはおれを邑の一員として守ろうとしてくれた。

——だけど結局、妹を選んだ。

その事実からは意図的に目を逸らし、ソラは自分にとって嬉しいことだけに心を向けた。

「いいんだ、それでも」

一度でも守ってくれた事実を大切にしよう。

大切に、胸に刻んで、この先どんなことが起きても耐えられるように。


ソラが人身御供として神来山に入って三日が過ぎた。

神来山は急峻というわけでもないのに、いくら登り続けてもなかなか目的地である山頂にたどりつけない。入山前にあてがわれた新しい服と沓《くつ》はかなり汚れて、食糧もそろそろ尽きそうだ。

夜はしんしんと冷え込み、朝になると身体が強張って悲鳴を上げる。

それでもソラは黙々と、そしてトボトボと道なき道を登り続けた。自分が見事役割を果たせば、邑は古《いにしえ》の豊かさを取り戻すと教えられた。タケルはきっと喜ぶだろう。そして時々ソラのことを思い出して感謝してくれるはず。タケルのために。タケルの感謝と好意を得るために。

それだけを想い続けて、ソラは歩き続けた。

山の木々は常盤木《ときわぎ》も落葉樹も皆一様に葉が落ちて、骨のような枯れ木が延々と続いている。下草も灰色がかった茶色に枯れ果てて、生き物の気配すらない。

食糧が尽きた二日目——入山して五日目に、ようやくたどりついた山の頂には樹木が一本も生えておらず、代わりに地中から突き出たふたつの巨岩と、その上に平岩が載った、まるで自然が造り出した神殿のようなものがそびえ立っていた。

強い風が獣のうなり声に似た音を立てて吹き荒れ、霙《みぞれ》交じりの雨まで降りはじめる。ソラは息も絶え絶えになりながら岩でできた神殿に入り込み、へたりと崩れ落ちた。

入山前に餞《はなむけ》として、生まれて初めてたらふく御飯を食べさせてもらったけれど、たった一回のご馳走で、十五年間の栄養不足が補えるわけもない。加えて二日前から何も口にしていない。水だけは木々の葉に溜まった雨露を飲んでしのいできたけれど。

風が一段と強くなり、日が落ちて暗くなってきた。

ソラはひと息つくと、道々拾い集めた薪で火を熾《おこ》した。それから古婆に教えてもらった、山の主が宿るという剣を捜して岩屋の中を見まわしてみた。

「剣は……、剣はどこだろ？」

火が点いた枝をかざして奥を探ると、朽ちかけた祠が見つかった。扉を開けて中を見ると、細長い箱がある。こちらも祠同様、古くて黒ずんでいるけれど、元は美麗な装飾が施《ほどこ》された立派なもののようだ。しかしどこにも蓋や取り出し口のようなものは見当たらない。

「ええと、『わ…我は、古の契約に依《よ》り…て、誓いを果たす者、なり。大地の守護者よ、奉納の品を受け…取りたまへ』」

ソラは箱を両手に捧げ持ち、入山前に暗記させられた口上を一生懸命思い出して唱《とな》えてみた。

すると、黒ずんだ箱の一部がぱかりと割れて、中から、これまたとんでもなく古ぼけた剣が転がり出る。ソラは「わ…っ」と声を上げ、あわてて両手で受け止めようとしたけれど、剣はずしりと重く、そのままよろめいて倒れ込んでしまった。

「痛た…た」

ずいぶん長くて立派な剣だ。ソラの背丈よりも少し短いくらいある。

「……おかしいな。古婆は、口上を述べたら主が現れるから、あとは言う通りにすればいいって言ってたのに」

ソラは途方に暮れて剣を見つめた。元は白金《しろがね》でできていたようだが、今は炭をまぶしたように黒ずんでいる。柄頭《つかがしら》や鞘の所々に宝玉のようなものが嵌《はま》っているものの、今は見る影もなく濁《にご》り曇っていた。

「磨《みが》いたら、きれいになるかなぁ」

ソラは剣を引きずって焚き火の傍に戻り、とりあえず汚れを落としてみることにした。空腹と疲れのせいでなかなか作業ははかどらなかったが、他にすることもないので無心になって続ける。

「だんだんきれいになってきた。うん。やっぱり元は立派な剣なんだね。誰が使っていたんだろ。

あ、山の主様か。そうだよね。主様、どうして姿を現してくれないんだろ。このまま現れなかったら――」

　岩屋の外でうなりを上げる風雨に負けないよう、なるべく明るい口調でつぶやいていたソラは、はたと気づいて手を止めた。

「おれ、失敗したってことになるのかな…」

　やはりソラのようにガリガリに痩せた、みすぼらしい少年ではお気に召さなかったのか。

　邑では厄介者だった。せめて自分にやさしくしてくれた、たったひとりの人のために人身御供を買って出たのに、奉納相手の主様にも嫌がられ厭われてしまうのか。

「……おれじゃ…駄目なの…かな…」

　小さな焚き火を塗り潰してしまうほど深い夜の闇。岩屋の外で吹き荒れる風の咆吼《ほうこう》。叩きつけるように降る雨は、まるでソラの代わりに空がこぼした涙のようだ。胃の腑を掻きむしる餓《う》えと足の痛み。肌に染み込む寒さと一緒に、天涯孤独の寂しさがソラの胸にひたひたと押し寄せる。

　誰も、自分を一番には想ってくれない。

　かけがえのない、大切な人にはなれない……。

　邑人たちが必要としたのは『労働力』であって、ソラという人間ではない。そこには人が人を思いやる温かさや情愛はなく、誰かに必要とされることで得られる、満足感や充足感もなかった。

「ソラがいてくれて嬉しい」「ソラがいてよかった」と言ってくれたのは両親だけで、ふたりが亡くなったあとは、唯一タケルだけがソラを人として見てくれた。認めてくれた。

そう思って心の拠《よ》り所《どころ》にしていたタケルも、結局は妹が大切で、ソラを人身御供に差し出した。

「当たり前じゃないか…」

ソラは思い上がっていた自分を戒めるようにつぶやいた。

自分にはタケルの妹より秀でたところなどひとつもない。血も繋がっていない。それなのにどうして妹より大切にしてもらえると思ったりしたんだ。

タケルにはおれ以外にも大切な人がたくさんいる。家族はもちろん、友だちも大勢いる。おれなんか両手の指の内にも入っていなかったんだ。

冷静になって考えれば当然分かることなのに、どうして気がつかなかったんだろう。

たぶん思い上がっていたからだ。タケルが他の誰よりもやさしかったから。唯一やさしくしてくれたから。だからのぼせて誤解した。最後まで守ってもらえるって、都合のいい夢を見た。

「ふ…ぅ…っく」

必死に抑えてきたのに一度堰《せき》が切れたとたん、それは止《と》め処《ど》もなくあふれ出し、ソラの頬を転がり落ちた。手の甲に、指先に、そしてわずかに輝きを取り戻した剣にぽろぽろとこぼれ落ちる。

「ソラ、おまえが誰かの『一番』になれるなんて思い上がっちゃいけない。そんなふうに考えてたら自分が辛くなるだけなんだから」

馬鹿な自分に言い聞かせ、ソラはこぼれ落ちる涙を拭うことも忘れて祈りを捧げた。

「神来山の主様、どうかおれをお取りになってください」

邑では誰にも必要とされなかった。山の主にまでいらないと思われるのは切なすぎる。

どうかお願いだから…と、胸に抱きしめた大きな剣に頬ずりしてささやいた、その時――。

ソラの涙を吸った場所がほのかに明るく光ったかと思うと、手の中で剣がドクンと息づいた。

「え…？」

驚いたソラが見守る中、剣は脈打つように輝きながら、瑞々《みずみず》しさを取り戻してゆく。曇っていた宝玉は澄《す》みきって、くすんだ地金が洗われたように煌《きら》めきわたる。

「あ…あぁ…――」

剣はまばゆいばかりに光を放ちながら、ソラの手の中からふわりと宙に浮いた。そして、見えない巨人に操《あやつ》られたように、自らスラリと鞘走って見事な刃身を現す。

鏡面のような疵一つない美しい刃に、ソラの瞳は釘づけになった。

まるで魂ごと吸い込まれてしまうような、妖《あや》しいほど美しい鋼の色。夜明け前の空の青、白銀に混じる漆黒、温かな闇、まばゆい黄金。それらが渦を巻いてソラを抱きしめ、愛撫して、夢幻へと誘《いざな》う。花と緑の濃厚な香り。小鳥のさえずりと暖かな風、芳しい食べ物の匂い。頬を撫でてくれるやさしい指先の温もり。それらが奔流となって押し寄せる。いや、ソラがその中に飛び込んだのか。それとも引きずり込まれたのか。

定かには分からないまま、ソラの心と身体は神来山の主たちによって連れ去られたのである。

猫の子どもになり、親猫に咥《くわ》えられてユサユサと運ばれる夢を見た。上下左右に揺さぶられて胃の腑がひっくり返りそうになったけれど、時々地面に下ろされて身体中を労《いたわ》るように舐《な》められたのは、悪くない経験だった。

ゆらゆら、ゆらゆら。

まるで湯の中に浮かんでいるような安楽で幸福な心地よさから、ソラは自然に目を覚ました。

「は…ふ」

息を吐いて、最初に目に飛び込んできたのは、まばゆい木漏《こも》れ日。

驚き戸惑いながらゆっくりあたりを見まわすと、ソラは信じられないほど高く大きな樹の根元に寝かされていた。地面にではなく、弾力性のある細かい粗朶《そだ》の上に綿花《わたばな》を敷き詰め、さらに肌触りのいい巨大な葉を何枚も重ねた自然の恵みでできた寝台は、寝返りをいくら打ってもどこも身体が痛まない。まるで雲の上で寝ているような極上の寝心地だ。

周囲はソラが横たわっている寝台——大樹を中心に、ほどよい広さの空き地になっていた。地面は目を射るほど鮮やかな緑で埋め尽くされ、可憐な花々が咲き乱れている。蝶や蜜蜂が平和に飛び交う様は、この場所が豊かな証拠。鼻腔をくすぐる甘い香りには、花の他にどこかに生《な》っている果実のものも混じっているようだ。

果物と思ったとたん、ソラの腹がぐうぅと大きく鳴る。まるでその音に導《みちび》かれたように、突然空き地を取り巻いている灌木《かんぼく》をかき分けて、巨大な獣が現れた。

「ひ…ッ」

心臓が止まるかと思った。いや、実際止まったかもしれない。だから反動で、今度は痛いほど激しく脈打ち、ソラの呼吸は激しく乱れた。

「ぁ…あ……」

最初に、雪のように白く輝く体毛に黒い縞模様が入った虎《とら》。続いて、夜の化身のような漆黒の豹《ひょう》。どちらも普通の野生種よりはるかに大きい。

二頭の巨大な獣の出現に、ソラは全身を硬直させたまま為《な》す術《すべ》もない。捕食者に睨《にら》まれた獲物のようなもの。あの牙でひと咬《か》み、もしくはあの爪にひと撫でされただけで、ソラの命などひとたまりもない。圧倒的な力量の差を察した本能が、無駄な抵抗と逃走を阻《はば》む。

ソラの怯《おび》えなど意に介さず、二頭はそろって口に何か咥えたまま、のしのしと音を立てずに近づいてきた。流れるように軽やかな動きなのに、たとえようもない威厳がある。

自ら身を投げ出して平伏したくなるような神々しさに、眩暈《めまい》がする――。

二頭はフッ、フッという息づかいが聞こえるくらい近づくと、恐れと驚愕のあまり視界が狭まってよく見えないソラの膝の上に、どさりと咥えていた物を落とした。

「あ…!」

甘い香りがふわりと広がる。それはたわわに実ったあけびや葡萄《ぶどう》、野苺、桃、栗など、見事な山の幸だった。季節にそぐわないものまであるのが不思議だったが、目の前にいる二頭の巨大な獣を目にすると、そんな疑問は些細《ささい》なことだと思われた。

白虎《びゃっこ》と黒豹はそれぞれソラの左右に座り込み、襲いかかる様子もうなる素振りも見せない。しばらく固まっていたソラは彼らが動かないことを確認すると、白虎を見て黒豹を見て、それからもう一度白虎を見て、そろりと腕を伸ばして果物のひとつ、桃を手に取った。

「グゥァルル」

とたんに右側の黒豹が小さなうなり声を上げる。

「ひゃっ」

ソラはびっくりして桃を取り落とした。桃は寝台の上を転がって、左側にいる白虎の足許に当たって止まる。白虎は気づいてないのか、それとも無視するつもりなのか、そっぽを向いて身動《みじろ》ぐ気配すらない。桃を取りに行くべきかどうしようかソラが迷っていると、音もなく黒豹が寝台に飛び乗ってきた。

「わあぁ…！」

寝台が揺れてソラの膝の上から果物が散らばり落ちる。黒豹はその中から葡萄の一房を咥えて、怯えて身をすくませているソラの胸元にそっと落とした。

「——…お、おれに、くれるの？」

「グ…」

返事のような小さなうなり声。続いて黒豹はソラの背後にするりと身を横たえると、まるでここを背もたれにしろと言わんばかりに身を寄せてきた。背中に触れた黒豹の腹は温かい。温かくて、呼吸のたびにふくふくと上下する動きが心地いい。

「い、いいの？」

おそるおそる体重をかけると、黒豹は満足げに喉を鳴らし、ソラの腕をぺろりと舐めた。

「ひゃぁあ」

温かくて弾力があって、ちょっとザリザリしている。

ソラはなんだかおかしくなって笑い声を上げた。

「あは…あははっ」

笑うと怖さが半減する。左側に座したままの白虎の様子が気になったけれど、黒豹の仲間なら突然襲われる心配は少ない。食糧を持ってきてくれたところを見ると敵意も害意もないようだし。

そう結論を出すと気が楽になる。

ソラは黒豹に差し出された葡萄を手に取り、「いただきます」と感謝を捧げて食べはじめた。

数日ぶりに腹が満たされ、やわらかな寝台と背中に感じる黒豹の温かさに包まれたソラは、いつの間にか眠りに落ちていた。夢も見ない深く穏やかな眠りは、やがて頭上で交わされはじめた声によって破られた。——いや、まだ夢を見ているのかもしれない。それは声というより、頭の中に直接響くような不思議な音色だった。

『せっかくこんなに可愛い子が俺に懐《なつ》いてくれたのに、お初《はつ》をおまえに譲らなきゃならないなんて』

『可愛い…だと？　相変わらずそなたの趣味は解《げ》せぬな。私はもっと気高く秀麗で賢い者が好みだ』

『そうかい？　ならお初は俺がいただいても…』

『それとこれとは話が別だ。この前はそなたが喰らったのだから今度は私の番だろう』

『そりゃそうだが、なるべく早く代わってくれよ。なにしろ八百年ぶりの供物《くもつ》だ。俺は腹が減って腹が減って』

『空腹なのは私も同じ。ふん、好みからはだいぶ外れるが、贅沢《ぜいたく》を言っても仕方あるまい』

　何やら内容が物騒になってきた。喰らうとはソラのことだろうか。もしかしてあの二頭の獣がソラを食べる順番を決めているのか？

『おや、そろそろ目を覚ましそうだぞ』

『ふん。しっかり押さえていてくれ。私はそなたのように細やかな力の加減はあまりできない。抵抗されたら、うっかり爪を立ててしまうかもしれないからな』

『相変わらず、他者に対しては細かいのに、自分の行いは大雑把な奴だ』

嫌だ、恐い。急いで目を覚まさなければ喰われてしまう。目を覚まして逃げなければ……！

ソラは蜜壷に落ちた羽虫のような心地で、懸命に粘りつく眠りから覚めようともがいた。けれど何かが身体にまとわりついて絡みつき、どうしても振り払えない。

熱くてぬめりを帯びた何かが、ぞろりと肌を這《は》う。

「う…あぁ…――」

突然、下肢の付け根を舐めまわされて、ソラは悲鳴を上げながら目を覚ました。

肩から腕にかけて、何かに押さえつけられているせいで身が起こせない。ソラは必死に頭だけ上げて自分の身体を見下ろした。

「ひっ…」

いつの間にか脚衣と下穿きを取り払われ、大きく割り拡げられた両脚の間に巨大な白虎がのしかかっていた。白虎は獲物に喰らいつく前戯のように、ソラの下腹部を熱心に舐めまわしている。

「や…やだ、やだ…！　止め……っ」

あまりの恐ろしさに歯の根が合わず、涙がにじむ。

ソラは救いを求めて視線を泳がせ、自分の両肩を押さえつけているのが、あのやさしかった黒豹だと気づいて絶望の呻きを上げた。

「うそ、嘘だ、う…そ」

信じていた人に裏切られたときのように、血の気が引いて目の前が暗くなる。そのまま気を失ってしまえば楽だったのかもしれない。けれど下腹部、未熟な性器と排泄器官を、その大きさからは想像もつかないほど巧《たく》みな舌遣いで舐められ突《つつ》かれて、恐怖以外の奇妙な疼《うず》きが生まれる。

「やだやだ、止めて、どうして？　止めてよぉ…」

下手に声を上げて抗《あらが》えば、すぐにガブリと咬みつかれてしまうかもしれない。その恐怖と同じくらい、恥ずかしい場所を獣に舐めまわされるという異常事態がソラを混乱させ、哀願が止まらない。

「ひっ…、や…ッ！　やぁ…」

突然、ソラの排泄口に熱くて弾力のあるものが押しつけられた。乳を飲むときのように窄《すぼ》めた白虎の舌の先端が、ソラのそこを器用に突いて侵入しようとしている。

「ひぃ…ッ！」

ソラはとっさに両脚を閉じようとした。その内腿に虎の硬い髭《ひげ》と毛を感じて、自分が今、獣に嬲《なぶ》られているのだと思い知らされる。

「ガァルル！」

髭を擦られて痛かったのか、白虎が不機嫌そうにうなりながら顔を上げ、ソラの閉じた膝頭に軽く牙を立てた。

「…ぃ――」

白虎にはソラを傷つけるつもりがなく単なる脅《おど》しのようだったが、肌に軽くめり込んだ切っ先の感触と、目にした白い牙の長大さに、ソラの全身と心から瞬く間に抵抗する気力が失せてゆく。

両脚は白虎の器用な前肢によって再び大きく割り拡げられた。ソラの陰茎は丸めた舌に扱《しご》かれ吸われ、ちゅくちゅくと淫靡な音を立てはじめる。呆然とその様子を見守っていた視界が、ふいに黒一色に染まる。頭側に座してソラの肩を押さえていた黒豹が身を乗り出して、ソラの胸を舐めはじめたのだ。

「ぁ…あ、や、やぁ…っ、なんで…そんな、ぁあ…!」

黒豹は大きな舌で胸全体をべろりべろりと何度か舐めたあと、今度は先端だけをひらめかせ、ちろちろと軽やかに乳首を嬲り出す。温かくて弾力のある舌端に何度もくり返し、押されたり転がされたり突かれたりしたソラの小さな乳首は、いつしか充血して、小さいながらもぷくりと立ち上がってしまった。

「や…やだ、やだ、痛…い、やだぁ…っ」

舐められすぎて痛みを発する胸を庇おうと身をよじると、同時に二頭が顔を上げ、少しだけ身を引く。ソラは何も考えられず、ただ本能的に四つん這いになってその場から逃げ出そうとした。けれど手足はガクガクと震え、笑えるくらい身体に力が入らない。

一歩か二歩、二頭の獣から離れたと思った瞬間、背中にふさふさとした毛皮を感じ、耳のすぐ近くで獣の忙《せわ》しない息づかいが聞こえた。

「——…ッ」

肩に覆い被さるように伸びた太い前肢が見える。そのまま背中に体重をかけられ、ソラはどこにも逃げ出すことができなくなった。自分が何をされるのか、この先何が待っているのか分からない。ただ背中に触れる体毛のやわらかさに場違いな安らぎを覚えていた。

白虎は四つん這いのソラに覆い被さり、そのまま何度も後ろ肢を踏み換えて、位置を確かめるように腰をソラの尻朶に押しつけた。

「え…、なに……？」

尻朶に、何か硬い棒のようなものを押しつけられて、ソラは戸惑った。最初は木の棒だと思った。けれど違う。それは熱くぬめりを帯びて弾力があり、先端がぴくぴくと蠢《うごめ》いている。何度目かに押しつけられたとき、それはソラの双丘の間にぬるりと分け入り、後ろの秘められた場所、先刻から何度も舌で突かれ唾液で濡れそぼっていた後孔に押し当てられた。そのままグイと押し入ろうとして離れ、また押しつけられては離れるということを数回くり返したあと、ついに、ぐちゅりと音を立ててソラの中に押し入ってきた。

「う…嘘、うそ…！　やだ、止めてよぉ…！」

あまりの出来事にソラは悲鳴を上げた。そんな場所に異物を挿入されることなど考えたこともなかった。

「ぁあ…――、あっ、あ…っ、ひぅ…、や…ッ」

鈍い痛みととてつもない違和感に、ソラが身を硬くしてそこに力を籠めると、長くて硬いものは動きを止めて出て行こうとする。出て行く動きにソラの強張りが自然に解けると、間髪容《い》れずに押し入ってくる。再びソラがそこを絞り上げると動きを止めて少し身を引く。そしてゆるんだ隙に容赦なく押し入る。進んでは引き、また進んで引く。獣とは思えない巧みな駆け引きに翻弄《ほんろう》されて、ソラの後孔は長くて硬いものでいっぱいにされる。下腹部が重苦しく、胃の腑を押し上げられるほど容赦なく侵蝕されて、ソラの全身から汗が噴き出る。両の眼《まなこ》から涙がこぼれた。

「はっ、あっ…はぁ…ぁあ…、駄目、も…許し…――」

これ以上はもう無理、それ以上されたら身体が裂けてしまう。後孔から挿し込まれたものが喉《のど》から飛び出そうな恐怖と苦しさに、ソラはかすれた声で助けを求めた。

白虎はそれを聞き分けたようにそれ以上進むのを止め、代わりに小刻みな前後運動をはじめた。乱暴ではないけれど容赦のない動き。先程ちらりと見えた、熱くて硬くてぬめりを帯びた棒状のものは先の部分が笠のように広がっていた。エラのように張り出したその部分がソラの入り口付近の一箇所に触れると、まるで火に触れたときのような、痺れるような、目の前が真っ白に染まるような衝撃が走り抜ける。ソラはそのたび息を呑み、全身を硬直させては弛緩《しかん》した。

額から流れ落ちた汗が涙と一緒に流れ落ちる。唇に塩辛い雫《しずく》を感じて、ソラは喘《あえ》いだ。

「いや…、た、助け…、たす…け…て、嫌だ…」

哀願すればするほど、ソラの尻を揺する白虎の動きは激しくなる。

「フッ…フッ…」

耳元で聞こえる白虎の荒い息づかいと、ソラの腹腔内で前後するものの存在。それに合わせて激しく揺れる自分の動きから、ようやくソラにも、巨大な白虎が何をしているのか、自分が何をされているのか、おぼろげながら理解できた。

――…交尾、だ。

季節になると邑で飼っている山羊や羊、それに犬たちがごく自然に行う営《いとな》み。牝の背中に雄がしがみついて懸命に腰を振り、子種を注ぎ込む。それがすんでしばらくすると雌は子を孕《はら》むのだ。人の行為も似たようなものだと、タケルに教えてもらったことがある。あれは山羊の交尾を偶然一緒に見たときだったたっけ。でも、交尾をするのは雄と雌のはず。

「嘘……、だっておれ…、男なのに…」

雄なのに、人間なのに。どうして雄の虎に犯されなきゃいけないんだ…――。

頭を殴られたような衝撃を感じた。ソラの乏《とぼ》しい性知識でも、それは異常なことだと分かる。

「たすけ…て、タケル…――タケル…！」

力の限り叫んだつもりなのに、声は情けないほどかすれて震え、自分と二頭の獣以外には届きそうもない。

救いを求めるソラの声を聞いたとたん、白虎の逸物がズクンと脈打ち、ソラの中で体積を増した。さらに抽挿が激しくなる。まるで他者に救いを求めたソラを懲《こ》らしめるように、抜き挿しの幅が大きくなり、抉《えぐ》るように、こねるようにソラの肉腔を凌辱してゆく。

「…っ、ぁ…、はっ、はぁ…はぁ…、あぅ…ッ」

抑えようとしても、白虎の性器に突かれるたびに声が洩れてしまう。苦しくて辛くて悔しい。なのに、長大な獣の逸物がずるずると肉筒を擦り上げながら前後するたび、ソラの下腹部から脳髄にかけて、何かが駆け昇って弾けるのだ。

「い…や、いや…ッ」

このまま続けられたら自分は人でなくなってしまう。

そんな恐怖と同時に、この苦しみを終わらせてくれるなら、なんでもする、なんでも言うことを聞くという投げやりな気持ちになった。

「ガルル…グゥ…」

両肩を押さえつけていた白虎の前肢がかすかに震え、大きな蹠球《しょきゅう》がぎゅっと強張ったかと思うと、限界まで入り込んだ獣の性器がソラの中でビクビクと跳ねた。次の瞬間、腹腔の奥深くに獣の子種が大量に叩きつけられる。

「や…、いや…ぁ――…ッ！」

ソラは手足を戦慄《わなな》かせ、首を反らして反射的に後孔を締めつけた。けれどそんなことで獣の射精を止めることはできない。却って自分を犯す肉の凶器の形や大きさを、まざまざと思い知らされただけだった。

「ひっ、ひぅ…っ、やぁあ………」

白虎が小さく腰を前後させるたび、ドクンドクンと脈打ちながら熱い粘液が奥処に注ぎ込まれる。それがじわりと浸潤してゆく感覚にソラは声も出せず、ただ身体を震わせるしかない。

ようやく白虎の腰の蠢きが止まる。しばらくすると、わずかに硬度を失った長大な肉の凶器がソラの中からずるずると出て行った。

「ひぅ…っ」

内臓ごと引きずり出されるような感覚と同時に、えも言われぬ不思議な恍惚感に襲われて、ソラは一声鳴いた。先端が外れ、両肩を押さえつけていた前肢の重みが消えたとたん、支えを失ったソラの身体はへたりと崩れ落ちる。

やっと、悪夢のような責め苦が終わったのだ。

視界の端に映る白と黒の獣から目と意識を逸らして、ソラは震える両手で自分の身体を抱きしめようとした。その腕を、頭上から伸びてきた黒豹の前肢が再び寝台に押さえつける。

「…っ」

うずくまろうとしていた身体を仰向けにされ、最初のときと同じように両肩は黒豹に押さえられ、両脚を白虎に割り拡げられた。そして再び黒豹に胸を嬲られながら、白虎の舌技で性器を扱かれる。後孔を犯された衝撃で、痺れたように弛緩していた全身に新たな刺激が生まれる。

「ぁ…ぁあ、や…も、や…やだ、もう、やだ…」

両手と首を動かせるだけ動かして必死に懇願したけれど、獣たちは決してソラを許してくれない。白虎は乳首に吸いつく仔猫のような舌遣いで、ソラの若茎をチュクチュクと吸い上げ続ける。

やがてソラの下腹に重苦しい熱が生まれ、小用を足したくなったときのような切羽詰まった疼きが膨れ上がる。全身が熱くなり、一度は引きかけた汗が再びじわりとにじみ出して、腰が意識しないまま前後に揺れはじめた。黒豹の舌がざらりと胸の突起を擦ってゆく。

白虎の舌がソラの花芯をぬるりと扱き上げた瞬間、ソラは生まれて初めて精を放った。

「ぃ…ぁあ…――ッ」

先端から放たれたそれは、ひと雫も外にこぼれることなく獣の舌にすべて舐め取られてしまう。

「グァル…グゥ…」

あまりの出来事に呆然とするソラの目の前で、満足げなうなり声を発しながら顔を上げた白虎の姿が、ゆらりとぼやける。水鏡に映した姿が、小石を投げ入れられて揺らめき歪むように、白虎の輪郭が震えて揺れる。

巨大な獣が何か別のものに変容する前に、ソラの意識は白く濁った眠りの狭間に滑り落ちた。


「その体勢でやるのか？　――腰をもう少し上げろだと？　…ったく人使いの荒い奴だ」

低いのに艶があり、身体の芯を震わせるような甘い響きを持った声が耳朶《じだ》を打つ。

息苦しさのあまりソラは意識を取り戻した。気を失っていたのはわずかな間だったらしい。

まぶたを開けると、両脚を拡げた自分の股間が目に飛び込んできた。腰の下に綿の大きな塊を押し込まれているせいだ。萎えた自身の性器の向こう、先刻まで白虎がいた位置に黒豹の精悍な姿がある。

「…ひっ」

意図を察して後退《あとずさ》ろうとしたとたん、頭上から覆い被さるように両腕を押さえつけられた。けれどそれは獣の前肢ではなく人の手。

「だ…、誰？」

うわずった声で訊ねるソラを覗き込んだのは、空恐ろしいほど整った容姿の偉丈夫だった。雪のように清らかな白銀色の髪、黄水晶に閉じ込めた黄金色の瞳。白皙《はくせき》の頬は鋭角的な線を描いて顎へと続き、薄い唇は高貴さを醸《かも》し出している。男がわずかに首を傾げると、長く癖のない銀髪がさらりとこぼれ落ちて、ソラの頬を撫でてゆく。

艶やかなその感触に、ゾクリと背筋が震えた。寒気ではない。何か違う、もっと別のもの。けれどそれがなんなのかソラにはまだ分からない。今まで一度も経験したことがないからだ。

ソラはぶるりと小さく身震いして、唇を開いた。

「あ…、た…助けて…ください」

男の秀麗な顔に酷薄な笑みが浮かぶ。それで、この人は自分を助ける気など端からないのだと知れた。なのに彼の顔から目が離せない。まるで魂ごと吸い寄せられるように意識を奪われてしまう。瞳の奥にゆらめいている金色の光に包まれて、そのまま溶けてしまいそうになる。

「ガァウア…グルル」

男に意識を奪われたソラを詰《なじ》るように、黒豹が覆い被さってきた。その下腹に、長く勃ち上がった獰猛《どうもう》な生殖器が揺れているのを目の当たりにして、息を呑む。

先刻白虎にされたことを思い出し、ソラはとっさに逃げようとした。けれど許されるはずがない。綿の塊で持ち上げられた尻の位置は、ちょうど黒豹の逸物が挿入しやすい高さだ。

「あ、あ…、や、嘘…、やだ、も…やだ…もう嫌だ…」

必死に首を振って拒絶を訴えたけれど、黒豹は中腰になって自身の性器の先端でソラの窄まりを探りながら、首筋に顔を近づけてフッ…フッと荒い吐息を吹きかけた。先刻の凌辱で火照《ほて》った肌に髭が当たって、場違いなくすぐったさを感じてしまう。

ソラの意識がわずかに逸れた隙に、黒豹の逸物がぬるりと動いて収まる場所を見つける。ソラの後蕾は先程白虎に注ぎ込まれた子種によって、しとどに潤みきっていた。豹の逸物は赤黒く、先端からにじみ出た透明な粘液によってぬらぬらと艶を帯びている。自分のものより三倍近く長くて太い生殖器の先端が、濡れてゆるんだソラの窄まりに潜り込む。ようやく閉じかけていた無数の襞《ひだ》がぐちゅりと音を立てて押し拡げられてゆく。

「……や…、はっ…ぁ……あぁ…!!」

抵抗しても無駄に痛みと苦しさが長引くだけ。先刻の行為でそれを学んだソラは、力を抜いて黒豹の逸物を受け入れた。他にどうしようもないからだ。

「はっ、はっ…はぁ…、ぁ、あっ…――」

白虎の精液で潤っているせいか、挿入は最初に比べて格段になめらかだった。そして仰向けのせいだろうか、白虎のときより中を穿《うが》たれる感触が深く強い。本来入れるべき場所ではないところを隙間なくみっちりと埋められて、苦しくてたまらない。息を深く吸い込みたいのにできなくて、ソラは浅く短い呼吸を何度もくり返した。

黒豹の男根が根元近くまでソラの中に姿を消すと、抽挿がはじまった。本能に突き動かされた抜き挿しが間断なく、際限なく続く。ソラの身体は激しく揺さぶられ、ずり退《さ》がって腰の位置がずれそうになる。すると、肩を押さえていた銀髪の男が、ソラの上半身を抱き起こして背中を支えた。これでどれほど黒豹が激しく突いても、ソラの逃げ場はなくなった。

「ひっ…ひぅ…っ、はぅ…あぅ…――」

小刻みに突かれたかと思うと、前後に長くゆるく引いたり押し込まれたりする。そのたび、何か光る筋のような、引き攣《つ》るような、抗い難い刺激が身体の芯に走り惑乱する。ぬるぬると潤んだ肉筒を擦られ続けて、頭が痺れてきた。根元まで突き上げられたかと思うと先端近くまで引きずり出されて、悲鳴を上げた唇の端から唾液がこぼれる。

「ひぃ…――」

腰の奥、獣の肉棒で何度も小突かれている場所から、先刻感じたのと同じ疼きが湧き上がる。同時にそれまで萎えていたソラ自身がむくりと勃ち上がった。

「ふ…、感じているな。初めてのわりには感度がいい」

自分の恥ずかしい状態を銀髪の男に揶揄《やゆ》されて、ソラの全身がカァッと火照る。男の辱《はずかし》めはそれだけでは終わらず、腕を伸ばしてソラの陰茎を手のひらで包み込んだ。長く形の良い五本の指が未熟な性器をいたぶりはじめる。

「やっ、いやっ…、嫌、いや…っ」

声がうわずる。かすれて途切れる。涙があふれて頬を伝い、耳朶にたまってこぼれ落ちる。

「――…ゃ…ッ」

神様みたいにきれいで酷薄な男の手に追いつめられて、ソラは二度目の吐精を迎えた。放たれた白濁は男の手に受け止められ、黒豹の口許に差し出される。

どうするのかと呆然と見守るソラの目の前で、黒豹は腰の動きを止めずに、男の手からソラが出した白い蜜を舐めはじめた。一滴残さずきれいに舐め取ると、ぶるりと全身を震わせて抽挿をより激しくする。

浅く深く、何度も退《ひ》いては入ってくる。

「……ッ、ひ…っ…ひぃ……ぃ…――」

吐精直後で敏感になっている場所を穿つように抉られて、ソラは意識を飛ばしかけた。力なく半開きになった唇の端から唾液がこぼれ落ちる。その雫をべろりと舐め上げられ、そのまま唇をふさがれた。歯列を割って舌が入り込み、それを伝って甘い水が流し込まれる。渇いて粘ついて

いた口中が潤い、甘露が喉を下りてゆく。

飛びかけていた意識が戻り、ソラは思わず訴えていた。

「あ…ぅ、…も…っと……欲し…ぃ」

「ふん。黛嵐《タイラン》、もっと欲しいそうだぞ。責め方が足りないんじゃないのか」

男は意地悪い笑みを浮かべて顔を上げ、ソラの後孔を犯す黒豹に向かってけしかけた。

「ちが…」

違う。おれが欲しかったのは水…。そう訴えたいのに、後孔を穿つ黒豹の動きが一段と激しくなったせいで、まともに言葉が紡げなくなった。

「ぁ、い…ぁ……、ぁあ…ッ、や…ぁ…――！」

どうやらソラの中には弱点があるらしい。そこを肉の凶器で擦られると、たとえそれが獣の性器であっても、たまらない気持ちになり、自身が硬く勃《た》ち上がってしまう。そうして小用をしたくなるときのそわそわと落ち着かない疼きのあとで、あの白濁を吐き出してしまうのだ。

ソラの花芯が再び勃ち上がって震えはじめたとき、黒豹の男根がソラの中で大きく跳ねた。

――あ、また……中に、出される……。

ソラがそう思った瞬間、最奥に熱い粘液が迸《ほとばし》る。

それは白虎のときと同じくらい激しく大量で、受け止めきれなかった分が、吐精によってわずかに張りをなくした黒豹の男根と、ソラの腟壁の隙間を伝ってこぼれ落ちてゆく。黒豹が腰を蠢かせると、先に出された白虎のものと混じり合った二頭分の白濁が、恥ずかしい水音を立ててあふれ出る。グプッ、ぬちゅ…と淫猥な音を立てながら黒豹が再び腰を使い出す。

「う…そ、や、も…無理、……むり、止め…て」

涙でかすみ、まともに見えない瞳を見開いて、ソラは銀髪の男と黒豹に向かって哀願した。けれど答えは無情きわまりない。

「初物は私がいただいたからな。まあ抜かずの二発や三発くらいは多目に見てやろう」

——何を…、何を言ってるの…⁉

頭上から聞こえてきた言葉に、ソラは信じられない思いで首を横に振った。

——初物？　いただいた…？　じゃあ、この銀髪の彼が、さっきおれを犯した白虎だっていうの？

信じられない。

けれど、巨大な白虎と黒豹に続けて犯されているこんな状況では、何があってもおかしくない。

——夢…、きっと夢を見てるんだ。そうでなきゃ、こんなひどいことがあるわけ…。

「夢なものか。これはまごうかたなき現《うつつ》だよ。おまえは我らの贄《にえ》として捧げられた。おまえは自ら望んでこの地に来たのだろう？　今さら現実逃避をしてどうする」

白虎である銀髪の男は、見下した口調で言い重ねた。

「我らは神来山の主、珀焔《ハクエン》と黛嵐。おまえは八百年ぶりの贄。久しぶりゆえ、我らの餓えが収まるまで、存分に喰らわせてもらうぞ」

黒豹の黛嵐に揺さぶられ続けて視界が定まらないソラの頬を、珀焔はすらりとした両手で撫で上げた。指先の感触は限りなくやさしいのに、その言葉と眼差しは凍えるほど冷たい。

ソラはまぶたを閉じて、吸い込まれそうなほど澄んで煌めく黄金の瞳から逃れた。

下肢を穿つ黒豹の責めは一向に終わる気配を見せない。


珀焔の言葉通り、黒豹の黛嵐は抜かずに二回、ソラの中に大量の子種を注ぎ込んだあと、半分気を失ったソラをひっくり返して、背後から三度目の交尾を強いた。

ソラの身体は手足に力が入らず、支えがなければすぐに崩れ落ちてしまうほど疲れ切っていたが、黒豹の長大な肉棒に後腔を穿たれてしまうと、倒れることすらできなくなった。

気を失いそうになると、珀焔に口移しでほのかに甘い水を注ぎ込まれる。そうすると身体に奇妙な熱と力がよみがえり、獣との交尾を正気で受け止めるしかなくなる。

上半身は珀焔に捕らわれ、乳首や脇腹といった弱く敏感な場所を長い手指で弄《いじ》られた。

「や…ぁん、…ん、んぅ…」

獣本来の姿勢で犯されていると、自分が雌になった気がして狂おしくなる。あまりに長く揺さぶられ続け、何度も獣の精液を身の内に受けたせいか、まともに考えることも感じることもできない。

「口を開けるんだ。大きく」

だらしなく涎を垂らして喘いでいたソラの顎を持ち上げて、珀焔がささやいた。ソラは疑問に思う余裕もなく、美しい男の顔を見つめながら言われた通りに口を大きく開く。

「もっと大きく。そうだ。いいか、決して歯を立ててはいけない。そんなことをしたら、おまえの歯を全部抜いてしまうからな」

震えるほど艶めいた声で空恐ろしいことを言われたソラは、何度もうなずいて心に誓う。絶対に言う通りにしますと。

「素直な子だ。そうやって言う通りにしているなら、少しくらいやさしくしてやってもいい」

睦言《むつごと》のようにささやきながら、珀焔はソラの唇に己の男根を銜《くわ》えさせた。

「――……!」

何を口に含まされたか気づいて、ソラはひくりと喉を鳴らす。けれど先に脅されていたから歯を立てたりはしない。珀焔の肉棒は太くて硬く、幹に浮き出た血管が脈打ち、先端部分は大きくエラが張っていた。秀麗な相貌には不似合いなくらい雄々しいそれを噛んだりしないよう、ソラは精一杯唇を開いて受け入れた。けれど大きすぎて半分も含めない。

背後から突き上げられているせいで、自分から動かなくても、珀焔の男根はソラの口内を前後して犯してゆく。口蓋や内頬に先端が擦りつけられて、苦味が口いっぱいに広がる。吐き出すこともできず、かといって飲み込むこともできない。男の逸物からにじみ出た粘液交じりの唾液が、ソラの唇からこぼれ落ち、喉を伝って胸まで濡らす。

「ぁ…ふ…、…あ…、…ぁん、う…ぅ…あっ…」

獣の体位で後孔を黒豹に犯されながら、前の口は氷のように冷たくて美しい男に蹂躙《じゆうりん》される。

「まだまだ下手だな。まあ初めてなら仕方ない。いずれ私と黛嵐で念入りに仕込んでやる…が、今日のところはこれで許してやろう」

精一杯唇を開いて男を頬張っているソラの額からこめかみ、逸物で膨《ふく》らんだ頬にかけて、珀焔の指がとろけるようなやさしさで撫で下ろしてゆく。

「ん…ん……ッ――」

口腔の奥に突き立てられた先端が、びくびく蠢いたと思った瞬間、口中に粘り気のある白濁が叩きつけられた。

「飲み込むんだ。一滴残らずな」

ソラの唾液でぬらつく性器をゆっくり引き出しながら、珀焔が氷の美声で命ずる。ソラは言われた通り何度も嚥下《えんか》をくり返して、濃い粘液をすべて飲み下した。

「美味《うま》かったか?」

「――…」

答えようのない問いにまぶたを閉じると、新たな涙がぽろりとこぼれ落ちる。その背後で、黒豹が三度目の吐精を迎えようとしていた。

深々とソラの肉筒に突き刺した獣の性器が、ぶるぶる震えて勢いよく精汁を叩きつける。

「……――ッ」

ソラは思い切り背を仰け反らせて身悶えた。身体の奥深くで迸った熱い飛沫《ひまつ》の感触に、散々煽られてきた自身も吐精してしまう。その余韻でびくびくと下肢が震えて、後孔を深々と穿つ逸物をぎゅ…と絞り上げてしまった。そしてゆるんだかと思うとまた絞り上げてしまう。

「ガウワウ…グゥルル…」

悦に入ったような獣のうなり声が響きわたり、そこに笑いを含んだ珀焔の声が重なる。

「そんなに具合がいいのか？　だがそろそろ…」

ようやく弛緩した後孔から、ずるずると長大な逸物が出て行く感触。

――ああ…これでやっと、終わる……の？

ソラの意識はそこでようやく、完全に途切れることを許されたのだった。

◆ 珀焔《ハクエン》と黛嵐《タイラン》 ◆

長い長い眠りの間に、ソラはたくさんの夢を見た。

珀焔と、黒豹から人型に変化《へんげ》した黛嵐に、温かな泉で身体を洗われる夢。洗い終わると綿にくるまれて身体を揉みほぐされる夢。触り心地のいい衣服を着せられ、ふかふかの寝具に横たえられて眠りに落ちる。目覚めると、やわらかく煮た食べ物を少しずつ匙《さじ》で与えられた。

喉が渇けば、欲しいだけ甘露な水を飲ませてもらえる。温もりを欲しがれば白虎か黒豹が――ときにはその両方が――ソラの身体を包んで眠ってくれた。やわらかな毛皮と、ふくふくと脈打つ鼓動。あんなにひどい仕打ちを受けたのに、温かな身体に抱かれて眠ると、何もかもがどうでもよくなった。両親亡きあと、こんなにも安らかな気持ちで眠ったことなどなかったから。

長い夢から目覚めて最初に目に飛び込んできたのは、褐色の肌とわずかに癖のある長い黒髪、そして暁の空のように深く澄んだ青い瞳の美青年だった。

身体つきは逞《たくま》しく精悍で、顔立ちも名匠の手による彫像のように整っているのに、その表情にはどこか愛嬌があり親しみやすさを感じる。

「ようやく正気に戻ったようだね。気分はどうだい？」

「え…あ…、誰…？」

「黛嵐だ。君のおかげで八百年ぶりに人型に戻れた。まずは礼を言うよ。それで、君の名前は？」

「ソラ…です。あの…ええと」

答えながらソラはあたりを見まわした。場所は眠る前と変わっていない。自分がいるのはふかふかの寝台で、頭上は木の葉でできた天然の天蓋、周囲は美しい緑と花に囲まれている。

「あ…の、おれ、――夢を…全部、夢だと…」

じりじりと青い瞳の青年から後退りながら、自分の身体を手で探り、いったいどこまでが夢で、

どこからが現《うつつ》なのか懸命に考える。そんなソラの動揺を黛嵐はやわらかな眼差しで見守り、

「君が我々に抱かれたのは夢ではない。現実だ。そしてこれからもずっと続く」

「え……――」

「最初から覚悟して来たはずだ。だから我々も君の前に現れ、君をここに連れてきた。今さら嫌だとか、止めたと言っても遅い。君はもう我々の精を受けたのだから」

元の世界では暮らせないよと告げられて、ソラは呆然と黛嵐を見つめ返した。

そのときガサリと音がして、木々の間から珀焔が現れる。ソラは反射的に身体を震わせ、とっさに黛嵐の後ろに身を隠した。

「ほお？　私がほんの少し留守にしている間に、ずいぶんと仲よくなったようだな」

相手に避けられ恐がられても仕方ない己の冷たい態度を棚に上げて、珀焔はまるでソラの反応を責めるような眼差しで、寝台に座るふたりを睥睨《へいげい》した。

自分の気持ちなど少しも斟酌《しんしゃく》してくれない酷薄な性《さが》だと思い知っているのに、なぜか珀焔の美声を聞き、その雄々しい姿を目にすると、ソラの鼓動は無様に跳ね上がってしまう。

恐いから？　嫌いだから？

そうかもしれない。けれど、それならどうして白銀の髪から目が離せないんだろう。燃える日輪を宿した瞳に魂が吸い込まれそうになるんだろう。

自分で自分が分からず、ソラは黛嵐の背に隠れたまま、その腕にすがりついた。珀焔がそれに、

一段と冷えた視線を向ける。

「ふん。黛嵐が気に入ったのなら、彼の世話を受ければいい。けれど贄としての義務は果たしてもらう」

「義務…？」

「我らに捧げられた贄として、我らの好みに合わせて従順に奉仕する術を覚えてもらう」

まず最初に、と言いながら寝台に片膝を乗り上げた珀焔は、逃げようとするソラの腕をつかんで強引に引き寄せ、震える唇を指の先でそっとなぞった。

「この唇の使い方。それに、人型の我らとも交わってもらおうか」


「や…っ、無理…大っき…すぎ……ッ」

後ろから座位で抱かれてソラは悲鳴を上げた。数日間の休養で慎み深さを取り戻した窄まりに、人型になった珀焔の屹立《きつりつ》は太く立派すぎて、どうしても受け入れることができない。

痛い痛いとすすり泣き、身体を強張らせるソラに辟易《へきえき》したのか、珀焔は舌打ちしてソラの身体を放り出し、獣身に変化してから襲いかかった。

腹這いから、ちょうど腰を上げた体勢で珀焔にのしかかられたソラは、首筋を甘噛みされて動きを封じられ、獣の姿勢で貫かれた。獣身のときの男根は、人型のときよりひとまわり細い代わりに長さは倍近くある。珀焔は慣れた動きでソラの下腹を掻きまわし突き上げて、早々と吐精すると、わずかに萎えたそれを挿れたまま人型に戻った。

「ひぃ…ッ」

突然、後孔を埋める剛直の体積がぐんと増して、ソラは背を仰け反らせて喘いだ。後孔の入り口が限界まで押し広げられ、少しでも動かれたら裂けてしまいそうな恐怖に身をすくませる。

「や…あッ…、動かな…い…でっ…」

哀願を洩らしたとたん、珀焔はわざとのように動きはじめた。ソラの細い腰を両手でつかんで持ち上げ、下ろすと同時に己の腰を突き上げる。

「いゃ…――ッ」
二、三度抜き挿しをくり返されただけで、ソラは全身から汗を滴《したた》らせ、涙をこぼしてしゃくり上げた。
「ゃ…や、止め…、恐…い……」

これ以上無理に続けられたら、本当に自分の身体が真っ二つに裂けてしまう気がする。それくらい人型になった珀焔の雄芯は猛々しい。

ひっくひっくと泣きじゃくるソラの弱音に呆《あき》れたのか、珀焔は溜息を吐いて動きを止めた。

「少し冷静になれ。獣身になった私の精を浴びたのだから、ここに痛みはないはずだ。痛むどころか気持ちよくなっているだろう？　そら、よく感じてみろ」

低くて艶のある美声が耳元に触れたとたん、ソラの背筋に痺れが走る。同時にきゅっと後孔に力が入り、そこを犯している存在の大きさや、形をまざまざと感じてしまった。ドクンと鼓動が跳ねて胸が痛くなる。激しい鼓動をくり返す胸から全身に、甘い疼きのような痺れと痛みが広がる。指先に届いたそれがチリチリと爆《は》ぜるようだ。

「あ…、ど…して？　何…これ…？」

「分かるか？　おまえのここがヒクヒク蠢いて私を喰い締めてる。感じてる証拠だ。内《なか》を擦ればもっと気持ちよくなる。さあ動くぞ。あまり手間をかけさせるな」

「やっ、待って…、待って…！」

制止は歯牙にもかけてもらえず、珀焔は再びソラを使って己の欲望を扱きはじめた。上下に抜き挿ししたかと思うと、先端近くまで抜いて円を描くようにまわしてみたり、ソラを前屈みや胸にもたれさせて角度を変え、内壁のあらゆる部分を擦って突き上げる。そうやって存分に味わってから、最後にようやく後孔の浅い部分にあるソラの弱点を小刻みに突いた。

「ぁ…、あ、そこは…だめ、駄目！　だめぇぇ……っ」

ソラは身を仰け反らせて頭を珀焔の肩口に押しつけ、自分の腰を鷲づかんでいる逞しい両腕を握りしめた。こねるように腰を蠢かされ弱い部分を擦られて、一度も触れられなかった花芯が白濁を迸らせる。吐精の瞬間、ソラの頭は真っ白になった。それなのに、後孔はまるで貪欲な捕食動物みたいに挿し込まれた雄芯を喰い締め、飲み込むみたいに蠕動《ぜんどう》を続ける。

「いいぞ…、その調子だ。もっと内を蠢かせて私を悦《よろこ》ばせろ。果てても休むな。私が出すまで奉仕を続けろ」

冷たい言葉。酷薄な態度。ソラのことなど、己が快楽に奉仕する道具くらいにしか思っていない。けれどソラの頬を撫でる指は限りなくやさしい。

珀焔の両手が頬から顎、首筋、鎖骨を撫で下ろして胸の突起にたどりつく。小さな肉の粒は、白虎による抽挿と射精、そして珀焔の責めによって紅く色づき、硬く勃ち上がっている。

珀焔はソラの小さな乳首を、左右それぞれの人差し指と親指で摘《つま》むと、軽く引っ張ったり指先で捏ねたり押し込んだり、また引っ張ったりと弄りまくる。ソラが痛がると親指と中指で軽く摘んで、人差し指の表面で軽い摩擦をくり返した。ちろちろとくすぐるように嬲られて、銀色の長針で突かれたような、痛みに似た何かが胸と下腹を行き来する。ソラの前方は再び勃ち上がり、足りない刺激を求めて先端の割れ目をひくつかせた。

「そこを触ってほしいのか？」

「う……」

ソラは目を閉じて歯を食いしばる。油断すると浅ましい喘ぎと哀願が洩れそうだ。そうしたらまた、珀焔に『無様だな』とか『はしたない』などと言われてしまう。

「ふふ、その通りだ。自ら欲しがるなんてはしたない。ただでさえおまえは凡庸でみすぼらしいのだから、少しくらい高潔なふりをしたほうがいい」

ひどい言われようをこらえる間もなく、涙があふれてこぼれ落ちる。

そんなにおれが気にくわないなら、こんなふうに嬲ったりせず捨て置いてくれればいいのに。

ソラのことを散々見下す言葉を吐きながら、後孔を穿つ珀焔の動きは執拗で熱を帯び、指と手のひらはまるで宝玉でも撫でるように蠢いて胸や脇腹を嬲ってゆく。

「まったく、おまえは面白味のない人間だ。そのくせ、人界に心を残してくるなどとは、まったくなってない。——タケルと言ったか？　あんな偽善者のどこがいい」

まるで睦言のように甘い声で、大切な人の名をささやかれた瞬間、ソラの全身から血の気が引いた。

「な…」

なぜ彼を知っているのか訊ねようとして、止める。これまでの会話から、珀焔と黛嵐はソラの心を読む力があると分かっていたからだ。すべてではないが、心で強く思ったことや言葉になる直前のものは読み取られてしまう。タケルのこともそれで知ったに違いない。

「…タケルは、偽善者なんかじゃない！」

自分のことならどんなことを言われても耐えられる。けれど彼のことを故《ゆえ》なく貶《けな》されるのは許せない。

「ほう？」

珀焔は後孔を穿つ動きを止めた。背中から怒りの気配が押し寄せる。けれど声はやさしいままだ。

「一度は助けるふりをして、おまえの感謝と好意を丸ごと得たあとで、妹の身代わりにおまえを人身御供として差し出した男の、どこが偽善者ではないと？」

神来山の主というだけあって、彼らはなんでもお見通しなのか。

「ち…がう…っ」

小さな叫びは珀焔に対してというより、自分に向けたものだった。

——違う！　タケルはそんな人じゃない。

必死に否定しなければ、辛い現実に負けそうになる。

「そう信じたいなら信じてもいいが、タケルは結局、妹を選んだじゃないか」

「当たり前だろ…、家族なんだから…」

「そうだ。しょせんおまえはタケルにとって、単なる邑人のひとり。特別でもなんでもなかったんだよ」

「そんなこと、最初から分かってる…！」

「おまえが身代わりを申し出なかったら、タケルはどうしただろうな。妹を生贄にされても、前と同じようにおまえを気遣ってくれたと思うか？」

どうしてそんなに意地悪ばかり言うんだ！

身体を嬲るだけでは飽き足らず、心まで弄んで傷つけて、ぐちゃぐちゃにしたいのか！

「う…ぅく…」

胸に渦巻く泥流のような悲鳴を聞かせたいのに、ソラの唇から洩れたのはくぐもった呻き声だけ。その心中を察していないわけがないのに、珀焔はさらにソラを追いつめた。

「無理さ。おまえを庇ったのも、まさか自分の妹がクジでアタリを引くなんて思わなかったからだ。あんな卑怯な人間のことなどさっさと忘れて、贄は贄らしく、私と黛嵐だけに心を向けるがいい」

「う…うるさい…！　タケルが、おれより妹を大切に思ってて、何がおかしいんだ。そんなの、当たり前のことじゃないか。おれはそこまで傲慢《ごうまん》じゃないっ！　タケルがおれより家族を大切にしたって、おれにやさしくしてくれた事実が…消えるわけじゃ…ない！」

あまりにひどい言い草に、ソラは相手が神獣であることを忘れて胸の内をぶちまけた。

「あ、あなたなんか嫌いだ！　意地悪で冷たくて、ひどいことばかり言って！　おれの身体は自由にできても、心は言いなりにできない。おれの心は、おれだけの…」

言い終わるより早く、先刻の怒りなど比較にならないほど激しい怒気が珀焔から放たれて、ソラの抗いは封じられた。

「ふん、みすぼらしくて平凡で、覇気《はき》のない愚かな子どもだと思っていたが、少しは骨があるようだ。しかし、私に口答えした罪は重いぞ」

「あ…」

ゆったりと背後からまわされた両腕で、締め上げるように抱き寄せられて。後悔したけど、もう遅い。

珀焔はソラを串刺していた雄芯を容赦なくずるりと抜き出すと、両の手首を腰に巻いた帯のひとつで縛り上げ、近くの木の太い枝にくくりつけてしまった。

それからすらりと腕を横に伸ばし、指先で宙空をひと撫でするると、ソラが山頂の祠で見つけたあの剣が現れる。珀焔はそれを鞘から抜いて地中に深々と突き刺した。刃の部分が少しと、柄《つか》だけが地上に残される。その柄の上に両脚の腿と足首をそれぞれゆるく繋いで、膝立ちか座り込むか、どちらかの姿勢しか取れなくなったソラの身体をそっと下ろしてゆく。

「嫌…、や…っ…止めて、珀焔…！」

珀焔の意図を察したソラは。必死に頭を振って抗《あらが》った。

巨大な剣の柄頭には、子どもの拳ほどの宝玉が嵌められている。柄全体には凹凸のある蔓模様がぐるりと取り巻いて要所要所にさまざまな形の宝石が象嵌《ぞうがん》されている。太さと長さは人型になった珀焔の逸物よりもある。

あんなものに貫かれたら死んでしまう。いくら白虎の精を受けて痛みを感じにくくなっているとはいえ、到底受け入れられるとは思えない。

「止めて、いや…っ、助けて！　……黛嵐、黛嵐っ！」

他に救いを求める相手はいない。ソラは必死に叫んだ。

「無駄だ。黛嵐は今、哨戒《しょうかい》に出ている。戻ってくるのは明日の朝だ」

無情な言葉とともに、先刻まで珀焔のものを含んでいたせいでゆるんでしまった窄まりに、磨き抜かれた冷たい貴石の感触が当たる。

「ヒッ……」

奥に放たれた白濁が下りてきて、後孔の縁から宝玉へと伝い落ちる。その滑《ぬめ》りを借りて大きな丸い宝玉がゆっくりとソラの内に潜り込んでゆく。ぬぷりと音を立てながら、半分ほど入り込んだところで動きが止まった。

「力を抜いて、受け入れろ。そうしなければよけい辛い思いをするだけだ」

「はぁ…はぁ…っ、む…無理……」

必死に首を振ると、数日の休養で艶が出てきたソラの黒髪から汗の雫が飛び散る。

「無理なものか」

言いながら珀焔は、ソラの陰茎を左の手のひらで包み込み、信じられないやさしさでやわやわと揉みしだいた。半萎えの茎の裏を中指でなぞり上げ、残った指で根元の陰嚢をくすぐるように刺激される。それだけでソラの下肢から力が抜けてゆく。カクンと落ちた腰の動きで、宝玉部分はすべてソラの内に消えた。

「もっと力を抜いて、奥まで味わえ」

「……っ、…――」

そんなことを言われても、脅されても、これ以上はどうしても無理。そう言いたいのに、唇はただ震えるだけで声が出ない。苦しくて気が遠くなる。

そのとき、するりと首の後ろに手を添えられて顔を上向かされ、戦慄く唇にしっとりとした大人の唇が重ねられた。

——…あ……。

珀焔の唇がソラのそれをそっと押し分け、弾力のあるなめらかな舌先が口中に忍び込む。それはまるでひとつの生き物のように、自在に動いてソラの口腔をまさぐった。口蓋を舐め、舌の下を掬い上げるように何度も舐《ねぶ》り、怯えて震えるソラの舌を捕らえてきつく吸い上げる。身体中が微細な粒になって流れ去ってしまうような、どうしようもない酩酊《めいてい》感に包まれる。睫毛の先から爪先まで痺れに似た甘い疼きで満たされて胸が痛いほど高鳴り、手足が無様に震えた。

薄くまぶたを開けると、煌めく白銀の髪と黄金色の瞳が目に映る。

間違いない。自分は今、珀焔の唇接けを受けている。

そう自覚したとたん、手のひらで嬲られている前と、限界まで押し広げられた後孔が、じわりと潤んで熱くなる。熱くぬかるんで、硬い充溢《じゅういつ》で埋めてほしくなる。

「…そう。いい子だ。その調子でもっと奥まで、開いて受け入れろ」

「ぁ…ふ……、ぅ…ん」

ゆっくり身体を落とされて、自分の重みで巨大な剣の柄を呑み込まされてしまう。獣でも人のものでもない、ごつごつとした凹凸が襞を穿ち、めり込んでくる。

その異物感。胃の腑を突き上げて、喉から飛び出しそうなほどの充溢。息をするのも辛い。

少しでも楽になりたくて、動ける範囲で膝を立てると、一度収めた剣の柄が内壁を擦って半分ほど外に出る。その刺激で身体の芯に震えが生まれる。それは嫌悪ではなく、何かもっと別の狂おしい、認めたくない感覚だった。下腹部から腰椎、そして背筋を通って脳髄で弾けた白い閃光のせいで、脚の力が抜けて腰が落ちる。

「ぁう…ッ」

再び限界まで柄を呑み込んでしまい、息が止まる。

血肉の通わない鉱物に最奥まで犯されて、ソラは喘ぎながら珀焔を見上げた。救いを求めても無駄なことは、嫌というほど思い知っている。だから言葉は出ない。

ソラが苦しむ姿を見て怒りが収まったのか、珀焔はいつもの酷薄な笑みを浮かべ、涙に濡れたソラの頬をやさしく両手で挟んで言い聞かせた。

「主人に逆らったお仕置きだ。私が許す気になるまで、その恰好で過ごすがいい。おまえが私を満足させられるくらい従順になった頃、縄を解いてやろう」

そう言って珀焔はソラから離れた。ソラが我慢できずに身動いでは、自ら柄を抜き挿しして喘ぐ狂態をひとしきり眺めて楽しんだあと、助けと許しを求めてすすり泣く少年をひとりその場に残した珀焔は、凄艶な笑みを浮かべて姿を消したのだった。

「大丈夫か？」

温かみのある低くやわらかな声に揺さぶられて、ソラの意識は現《うつつ》の水岸にたどりついた。まぶたを開けようとして、開かないことに驚く。まるで膠《にかわ》で貼りつけられたようにまぶたが動かない。

「ああ、無理に開けようとするな。せっかくきれいで長い睫毛が抜けてしまう」

低く太い声はそう言いながら、温かく湿った布でソラの顔をやさしく拭ってくれた。それでようやく目が開く。

「た……い嵐……？」

「そうだ。ひどい目に遭ったな。珀焔を怒らせてしまったのか」

「……」

ソラは逞しい褐色の腕にやさしく抱き起こされ、広くて分厚い胸に背を預けて、黛嵐の甲斐甲斐しい介護を受けた。自分が吐き出した白濁がたっぷりとこびりつき、強張った内腿や尻の狭間を丁寧《ていねい》に拭ってもらい、大きな布に覆われた。肌を守る被膜に包まれて、ようやく安堵《あんど》の吐息がこぼれる。そのまま抱き上げられて、近くの泉に連れて行かれた。泉の水は温かく、身体を浸すと、長い間苛《さいな》まれた身体の強張りがゆるりと解けてゆく。

指一本動かすのも辛いソラの代わりに、黛嵐が髪から爪の先まできれいに洗い清めてくれた。

「あいつは俺がいないと度を超しやすいが、それにしても君に対する態度は少し行き過ぎだ」

そうなのか…。誰にでもあんなに冷たい態度というわけではないのか。

「お…おれが、みすぼらしくて、凡庸で面白味のない人間だから…だって」

声はかすれてささやきにしかならない。それでもソラは珀焰に言われた言葉をわざと口にした。

たぶん自分でも意識していなかったけれど、そう言えば黛嵐に否定してもらえると、心のどこかで期待していたからだと思う。そして黛嵐は、ソラが期待した以上の答えをくれた。

「あいつがそう言ったのか？　気にするな。確かに最初は棒みたいにガリガリで、こりゃまたずいぶん貧弱な贄だと思ったが、俺たちの精を浴びて、本来の美質が表に出るようになったら、ずいぶん可愛くなったぞ」

「え…ええ？」

「君は可愛いよ。この黒髪も艶が出て手触りがよくなったし、骨と皮ばかりだった身体にも少し肉がついて、抱き心地と見栄えもよくなった。何よりその顔」

「…顔？」

「ああ、なかなか俺の好みだ。つぶらな瞳も主張しすぎない鼻の形も、慎ましい唇も。それに」

あっちの具合もすこぶる良いしなと、返答に困る褒め方をされて、ソラは開いた口がふさがらなくなった。

「黛嵐は…、おれのこと、少しは好きでいてくれる？」

泉から上がって水気を拭われ、蕩《とろ》けるようにやわらかな布でできた衣服を着せられたソラは、精一杯勇気を出して訊ねてみた。

黛嵐なら、ソラを傷つけるようなことは言わない。

まだ一緒に過ごしてそれほど時が経っていないのに、なぜか無条件でそう信じられる。

黛嵐はソラを再び抱き上げると、大樹の根元に設《しつら》えた寝台に戻った。そこにそっとソラを横たえ、自分も隣に寝転んで、太陽みたいな笑みを浮かべる。

「ああ。珀焔より俺のことを好きになってほしいと願ってるくらい、君に惹かれているよ」

「珀焔より……？」

なぜそこで、あの酷薄な白虎の名が出るのか理解できない。ソラは困惑した表情で黛嵐を見つめ返した。

銀髪の冷たい男の名を聞いたとたん、剣の柄《つか》を使って嬲られた記憶がよみがえる。

珀焔は何度かソラの様子を見に来たけれど、そのたび水と甘露を飲ませては正気づかせ、柄に犯されて吐精してしまったソラを言葉でいたぶりながら、花芯や胸の突起を指で嬲って泣かせた。

そうやって存分に嬲っては姿を消すという、拷問のような責め苦を何度もくり返したのだ。

それだけでも許し難いのに、珀焔はソラの大切な人まで悪し様に評し、ソラの心をいたぶった。

それが許せない。たとえ心のどこかで気づいていた事実でも珀焔なんかには暴かれたくなかった。

あんなに惨い仕打ちをする男をどうして好きになれる。

「おれ、珀焔なんか嫌い。絶対好きになんかならない」

「そうか?」

「そうだよ。黛嵐のほうがずっといい。おれ、黛嵐だけの贄だったらよかったのにって思う。本当だよ」

黛嵐は、幼子が語る夢を聞く大人に似た笑みを浮かべて、懸命に言い募るソラの前髪を指先でかき上げた。

「本当…だ……よ」

やさしい指先で何度も頭を撫でられるうちに、ソラは深く穏やかな眠りに落ちていった。


次に目覚めて最初に感じたのは、かすかな血の匂い。楽園みたいなこの場所には不似合いなものの正体を見極めようと、ソラは急いで身を起こしてあたりを見まわした。

「黛嵐…、怪我をしたの?」

大きな寝台の縁に腰かけ、腕に布を巻きつけている黛嵐を見つけて、あわてて傍に行く。

「ああ、起こしちまったな。心配するな、かすり傷だ」

温かな手のひらで、泣きそうに歪んだ頬を撫でられ、却って涙がこぼれてしまう。

「泣くほどの怪我じゃないだろうが」

「だ…だって、びっくりして…」

なぜか、黛嵐や珀焔は怪我など絶対しないと思い込んでいた。何者にも侵されない絶対的な存在だと。

「ふふ。君は本当に可愛いな。俺のことを心配してくれたのか。まったく、珀焔はどうしてこんなに可愛い子を苛《いじ》めるんだろうな。どうせ泣かせるなら、嬉し涙のほうがずっといいのに」

黛嵐の人差し指の背と親指で涙を拭われ、頭を撫でてもらうと、ソラの胸にふんわりとした温かさが宿る。珀焔を引き合いに出されたのは少し嫌だったけれど。

「…怪我、本当に大丈夫？　誰かとケンカしたの？」

かすかに血のにじんだ布に、ソラがそっと指先を寄せて訊ねると、黛嵐は小さく肩をすくめて見せた。

「胡狼《ジャッカル》どもさ。奴ら一頭一頭なら大した力はないが、群れると少々厄介だ。蹴散らしても蹴散らしても湧いて出てきやがる。人界が荒れてる証《あかし》だな。神来山の麓一帯も、それでずいぶん貧しくなっちまった。まあ、君の邑――神喰邑だったな、あそこは真っ先に護法を施してやったから、これからどんどん暮らしやすくなる。だから心配するな」

「あ…――ありがとう、黛嵐」

邑のことを教えてもらい、ソラは心から礼を言った。自分はきちんと役目を果たせたのだ。タケルもきっと喜ぶだろう。あとはソラが無事でいることを教えられたら、彼の心の負担を減らせることができるのに…。そう思いながら、それよりも気になることを先に訊ねてみた。

「あの…、胡狼って？」

「ああ。俺たちが八百年も寝ている間に、ずいぶん勢力を伸ばしやがった。俺たちの縄張りに施した結界も、所々綻びが出て、奴らが入り込んでいる。だから俺と珀焔が交替で見まわりに行ってるのさ」

「え…⁉　胡狼って、こ、ここまで来るの？」

「来ない。来させるわけないだろう。——ああ、恐がらせてしまったな。大丈夫だ。このあたり一帯は何重にも強力な結界を張ってあるから、君は絶対に安全だ」

ただし、と黛嵐は続けた。

「俺たちを伴わず、無闇に出歩いて結界を越えたりすると危険だ。神域の結界は、外から中に入るものは拒むが、中から外へ出るのは自由だからな。気をつけろ」

「はい」

素直にうなずいて、胸に生まれた不安を呑み込む。いっそ出られないと言われたほうがよかった気がする。それならあきらめもつく。なのに、外に出るのは自由と言われると、この次、もしもまた珀焔にひどいことをされたら、逃げ出したくなるかもしれない。

——逃げ出してどうする…。

神喰邑に自分の居場所はない。——なかった。でも、暮らしが楽になったら、ソラを受け入れてくれるかもしれない。タケルも…、タケルは……。

そこまで考えて、ソラはタケルに逢いたい気持ちが前ほど強くなくなっていることに気づいた。

琥珀に苛められるのは別として、この不思議な場所で寝起きして、黛嵐にやさしくしてもらうのは嫌じゃない。嫌どころか、好ましく思っている。交尾と性交を強いられるのは正直まだまだ受け入れ難いけれど、相手が黛嵐だけだったら、そのうち好きになれる気がする。

「へえ。それはいいことを聞いた」

突然、間近で顔を覗《のぞ》き込まれて、ソラは我に返った。

「あ…、や……——おれの…心、読んだ？」

「聞こえてくるんだ。仕方ないだろ」

甘くささやきながら黛嵐が唇を重ねてくる。ソラは逃げずにそれを受け入れた。少し厚みのある黛嵐の唇がしっとり重なる。軽く押しつけてから角度を変え、また少し強く押しつけられる。

「ぁ…」

胸が痛いほど高鳴って、喘いだ隙間に舌が入り込む。

黛嵐の唇接けは焦《じ》れったいほどやさしくて、ソラは震える腕で彼の首にしがみついた。そのまま膝裏を掬われ、寝台ではなく、花が咲き乱れる地面にそっと抱き下ろされた。甘い蜜の香りに包まれて、ソラは黛嵐の舌をおずおずと舐め返す。

いい子だと褒めるように後頭部を撫でられ、さらに強く唇を吸われる。舌を伝って流れ込んだ黛嵐の唾液が甘いと感じた瞬間、ソラの下腹部に疼きが生まれ、内腿が痺れるように震える。自分のものと混じり合った黛嵐の唾液をコクリと飲み込むと、疼きは一層強くなり、脚の付け根がじわりと汗ばむ。知らぬ間に、ソラは何度も脚を交互に動かして黛嵐に次の行為を促していた。

黛嵐は、ちゅ…と小さな音を立てて唇を離すと、互いの唾液に濡れて艶めくソラの唇を、親指で拭いながらささやいた。

「今日は、ここで俺を愛してもらいたい。できる？」

「――…！」

ソラは目を瞠《みは》り、濃青色の瞳を見つめ返した。

黛嵐の望みは、初めて白虎と黒豹に抱かれたとき、人型になった珀焔に強要されたあれのことだろう。唇と口腔に男の逸物を受け入れ、奉仕して、最後に先端から迸る白濁を飲み下す…――。

嫌だと言いそうになり、ソラはきゅ…っと唇を噛みしめた。黛嵐には嫌われたくない。落胆させたくない。確かに最初のとき、いきなり獣の姿で三度も中に出されて驚いたし、辛かったけれど、それでソラの心や身体が傷ついたわけじゃない。

邑で暮らしていた頃の常識や倫理からは外れているかもしれないけれど、この場所でそんなことを言っても仕方がない。だって、ここは神獣の庭。

そして自分は彼らに捧げられた供物。

供物としてだけど、黛嵐と珀焔はおれを必要としてくれる。

それは、邑で労働力として必要とされていたこととどう違うのかと、心の中でもうひとりの自分が冷めた声で訴えるのを、ソラはあえて無視した。

「黛嵐…、おれ……」

青い瞳から目を逸らし、うつむいてつぶやく。その顎をそっと右手でつかまれて、胡座《あぐら》をかいた黛嵐の下腹部に導かれた。腰に巻いた下衣を持ち上げ、存在を主張しているものを目にしたとたん、こくりと喉が鳴る。身体が痺れたように動かない。呆然とするソラの代わりに、黛嵐が自らそれをつかみ出して見せた。

――あ…、大きい……。

人型になった黛嵐のそれを目にするのは初めてだ。肌の褐色より少し濃くて赤味を帯びている怒張は、すでに隆と勃ち上がり、先端の割れ目から透明な粘液をにじませている。数日前にソラを苦しめた珀焔のものと、同じくらい逞しくて雄々しい。けれど黛嵐は、珀焔とは違う。

「舐めて」

低く円《まろ》やかな声にうながされて、ソラは震えながら男の下腹に顔を埋めた。

「飴を舐めるみたいに……――ああ、君は飴を食べたことがないのか。それなら器についた汁を舐め取るみたいに、そう、そうやって大きく舌を使って幹のほうまで舐めて、指で支えながらしゃぶったり、吸ってみて」

励ますように髪を撫でられ、指示された通りに口腔全体を使って奉仕する。

珀焔に無理やりねじ込まれたときは、あんなに苦しくて嫌だったのに、黛嵐の雄根を唇で感じると、頭の中がぐずぐずと溶け崩れて、手足から力が抜けてゆく。それでいて胸は速い鼓動をくり返し、吐く息が浅く速く熱くなる。

「なかなか上手くできてる。じゃあ今度は入るところまででいいから、飲み込んでみて」

褒められると嬉しくて、もっと期待に応えたいと思う。ソラは言われた通り唇を大きく開けて、ぴくぴくと蠢いている先端を口に含んだ。黛嵐の腿を両手でつかんで身体を支えながら顔を下げてゆく。喉奥に当たるくらいまで我慢して怒張を頬張ると、限界まで引っ張られて切れそうな唇の端を、やさしく指でなぞられた。

「いい子だ。そのまま頬を窄めて、扱きながら動いて。上下に、出したり入れたり」

「…ん…む……ぅ…」

「舌を使うのは…まだ無理か。頬張るだけで精一杯だな。まあそれも初々しくていい。今のうちだけだからな、こんなふうに物慣れない風情なのは」

ソラは口中をみっちり満たして脈動する怒張に舌を絡めようとして果たせず、ただ懸命に頭を上下させながら、黛嵐の言葉の意味を考えようとした。けれど上手くいかなかった。考えても仕方ない。今はただ、口の中でビクビクと痙攣しはじめた黛嵐自身を受け止めるので精一杯。

時々、唇から外して先端部分のくびれや張り出したエラの部分に舌を這わせ、木の根を張り巡らせたような幹の裏側を舐め上げたり、銜えてしゃぶったりした。先端の割れ目に舌を当てて吸い上げると、苦くて甘い、蜜のような粘液が口中に広がり、じわりと唾が湧く。そのまま先端から中程まで口に含んで上下させると、あふれ出た唾液がじゅぶじゅぶと音を立て、幹をつかんだ両手の指が、自分の唾液と黛嵐の先走りでぬるぬるになる。吐く息と黛嵐の股間が発する体熱で、顔が蒸れるように熱い。額から流れ落ちた汗がぽたぽた落ちて、漆黒の叢《くさむら》を濡らす。

「——…少し、我慢して」

怒張を握りしめていた指がふやけるくらい長い間、口舌奉仕を続けていたソラは、黛嵐の声に顔を上げそうになった。それより早く、頭の両側に添えられた両手で動きを封じられ、あ…っと思う間もなく下から突き上げがはじまる。

「…っ、……ぅ…、ん…っ、んぅ……っ」

突き上げの幅はそれほど激しくなかったけれど、太いもので喉を突かれて嘔吐《えず》きそうになる。両眼に涙がにじんで喉や胃の腑が震える。

黛嵐は少し我慢してと言った。そしてそれは嘘ではなかった。

「出すよ。全部飲んで」

ほどなく、ソラの口内に黛嵐の体液が迸る。量が多くて濃いそれを、ソラが吐き出してしまわないように、黛嵐は肉棒で唇を封じたまま告げた。

「それを飲んだら、君は完全にこの庭の住人になる」

「……?」

どういう意味かと、朦朧《もうろう》とした頭で考える。

「以前、『贄が嫌だとか止めたいと言っても遅い』と言ったことがあるだろう？　あれには少し嘘があった。贄は珀焰と俺、ふたりの精を飲むまで人界と繋がりがある。戻れる可能性がある。けれど飲んでしまえば、完全に我々と同じ神仙の仲間入りをする。人とは時の流れが変わり、長く交わることはできなくなる」

それでも良ければ、我々の仲間になる覚悟があるなら、それを飲み下せと言われて、ソラは一瞬迷ったあと、ごくんと嚥下した。一度では飲みきれず何度もくり返す。

黛嵐の蜜は甘く苦く、ソラの喉に絡みつきながら腹底に満ちてゆく。

沁み渡って広がり、ソラを別の存在に変えてしまう。

怖いけれど後悔はない。でもやっぱり、少し怖い。

怖さの大半は、これで珀焰から逃げ出すことができなくなったという事実。けれどそれ以上に、黛嵐の傍にいたいと願う気持ちが強かった。

たとえ『贄』としてであっても。

少なくとも、自分の存在を必要として、やさしくしてくれる人が――人ではなく神がいる。

そして、自分はこんなにも誰かに求められることに餓えている。だからいいんだ。

静かにまぶたを閉じると、涙がひと雫こぼれ落ちる。

塩辛いはずのソラの涙を、黛嵐は稀少な蜜であるかのように恭《うやうや》しく舐め取ってくれた。

「君の覚悟は受け取った。……――大切にするよ、ソラ」

神仙になったソラの日々は平穏無事…とは言い難いものの、それなりにおだやかに流れて、二年あまりが過ぎた。

人型の珀焔《ハクエン》は相変わらず意地悪だったけれど、白虎の姿のときは少しマシ。交合中はやっぱり意地悪だけど、それ以外は添い寝をしてくれたり、一緒に散歩してくれたりする。

黛嵐《タイラン》は黒豹のときも人型のときも変わらずやさしくて、ソラをとことん甘やかすことに情熱を傾けているようだ。時折、どこから調達してくるのか、目が眩《くら》むほど美しい衣裳を持ってきてくれる。蜻蛉《かげろう》の羽のように薄く軽やかなのに肌触りはとろりとなめらかで、いい匂いがする。薄い色合いの布には近くで見ないと分からないほど細かい刺繡がほどこされ、裾や袖口には砂粒ほどの宝石が無数に縫い留められている。それらはソラが身動ぐたび軽やかにひるがえり、きらきらと光を弾いて夢幻の美しさを見せてくれた。

邑で一番裕福だった邑長ですら身につけたことがない豪奢《ごうしゃ》な衣裳を身にまとうことに恥じ入り、落ち着かなかったのは最初の数ヵ月だけ。半年が過ぎる頃には、過剰な気後《きおく》れや遠慮を感じることも少なくなった。

神来山に来た当初、ガリガリの痩せっぽちだったソラの身体も、しなやかな若木のようにほどよく肉がついて肌の色艶がよくなった。その身体をふたりに――または二頭に、代わる代わる、時には同時に、抱かれ続ける自分の身体が、どんどん感じやすくなっていくことに戸惑いを覚える以外は、時々、哨戒に出た黛嵐や珀焔が傷を負って戻ってくることが、今のソラにとって唯一の心配事だった。

怪我はどれもかすり傷と言っていい、一日二日で治るものばかりだったが、やはり心配になる。

「胡狼の仕業なの？」

「ああ」

舐めておけば治ると言い放った黛嵐の傷を、ソラは頼んで手当てさせてもらった。泉の水で洗い清め、傷に効くという花びらを絞った汁を塗りつけて布で巻く。たったそれだけのことでも、黛嵐の役に立てたと思うと嬉しくなる。黛嵐も「ソラに手当てしてもらうと治りが早い」と言ってくれる。お世辞だとしても、褒めてもらうと胸に温かなものが押し寄せる。

珀焔は怪我をしても、決してソラに触らせたりしない。それが少し悔しいような、寂しいような気がするけれど、ソラは深く考えないようにしていた。

自分で脚を抱えるようにして腰を上げ、正面から獣を受け入れることにも慣れてきた。

白虎の珀焔と黒豹の黛嵐に一度ずつ、後孔奥深くに濃蜜を注がれたあと、弛緩した身体中を舐められながら、ソラはぼんやりと考えた。

――どうして黛嵐と珀焔は、いつもおれの身体をこんなに舐めまわすんだろう。何かふたりが好む匂いか味でもするんだろうか…。

　事後の気怠《けだる》い身体を額から足の爪先まで、表にされ裏返され、また表にされて、くまなく舐めまわされる。虎と豹の大きな舌は、先端から半ばくらいはやわらかくてなめらかだが、奥に行くほど棘のように逆立っている。二頭はそこを使わないよう用心深く避けながら、ぴちゃぴちゃと音を立ててソラを舐め続けている。

　最初はくすぐったいだけだったのが、次第に覚えのある疼きに変わってゆく。

　ソラが充分昂《たか》ぶったのを確認すると、白虎と黒豹は人型に変化して、黛嵐が後孔、珀焔が口を使って、それぞれの欲望を同時にソラの中に注ぎ込んだ。ソラが白濁を飲み込むと珀焔と黛嵐は位置を変え、今度は珀焔が後孔を、黛嵐がソラの口舌奉仕で吐精する。それで終わるときもあるし、そのあと更に、獣型に戻ったどちらか、または両方に挑まれることもあった。

　ソラは贄としての自分の役目を理解して、二頭の欲望をすべて受け止めるよう努力している。それでも大概は、途中で気を失ってしまう。

　黛嵐はソラが目覚めるのを待って行為を再開するけれど、珀焔はソラが気絶してもおかまいなしだ。酷薄な男は他にもいろいろ、口にするのも憚るような抱き方をする。

　あまりにもひどいことをされると、黛嵐に助けを求めてしまう。けれど黛嵐は、どんなにソラを甘やかしても、珀焔の行為に口を出すことだけはしなかった。

　どうやらそれが、互いに結んだ約束事らしい。

時々、神喰邑のタケルのことを思い出すことがある。少し懐かしく、ほろ苦い思い出として。タケルの妹はもう嫁《とつ》いだだろうか。タケルは妻を娶《めと》っただろうか。神喰邑は、どれくらい豊かになっただろう。いつかタケルが年経《としふ》りた頃に、一度外界に下りてみようか。我が身を贄に差し出して栄えた邑を見るために。


「ソラ。それ以上、遠くに行ってはいけない」

草花の香りが濃くなる夕暮れ。

大樹の庭からずいぶん離れた場所まで足を伸ばしたソラは、黛嵐に呼び止められてふり返った。

「この先は、結界の綻びがいくつか残っている。危ないから近寄ってはいけない」

「はい」

素直にうなずいて踵《きびす》を返し、褐色の腕に抱きしめられる。

「何度繕《つくろ》っても、胡狼の奴らが押し寄せて喰い破る。まったく難儀なことだ」

いつもおだやかな黛嵐には珍しく、声に忌々《いまいま》しさがあふれている。

「――……珀焔は？」

黛嵐といるとき、珀焔の所在をソラが訊ねたのは初めてだ。普段は決してしない。けれど二日前から一度も彼の姿を見ていない。だから少し気になった。

「哨戒に出ている。戻りが遅いのは、遠出をしているせいだ。大丈夫、心配するな」

「…し、心配なんかしてない」

誰があんな奴のこと…。つぶやいたソラの強がりを、黛嵐は我慢強い眼差しで見守った。

しばらくソラの身体を抱きしめ、艶やかなやわらかさを取り戻した黒髪を撫でていた黛嵐が、ふいに顔を上げた。そして人型に変化すると少し劣化してしまう耳と鼻を使って、半身である珀焔の気配を捜しはじめた。

甘い花の香りと濃い緑の芳香に、かすかに血の匂いが混じった気がして、ぴくりと鼻が蠢く。

「黛嵐？」

「――大丈夫だ。珀焔は強い」

まるで己に言い聞かせるような声音に、ソラは小さく震え、広くて温かな黛嵐の胸にぎゅっとしがみついた。


神獣の庭に陽が落ちる。

夜の帳《とばり》が密やかに世界を覆い、冥《くら》い闇がやってくる。

ソラは黛嵐にしっかり肩を抱かれながら、珀焔の帰りを待つために、安全な大樹の庭へと引き返して行った。

第二章

☙ 珀焔《ハクエン》の帰還 ☙

珀焔が戻ってきたのは、東の空が紺から群青へと変わりゆく明け方のことだった。

幾重もの結界に守られた神来山の聖域。大樹の根元に設えられた寝台の中。黛嵐《タイラン》の腕に守られながら戻らぬ珀焔の身を案じて、ひと晩中浅い眠りと覚醒をくり返していたソラは、突然冷水を浴びたような衝撃を感じてハッと目を覚ました。

直前まで見ていたはずの夢は、まぶたを開けたとたん遠のいてほんの少しも思い出せない。それなのに心の臓が痛いほど忙しない鼓動をくり返している。

「――……夢？」

ほぅと深く息を吐いてもぞりと身動いだ瞬間、となりで眠っていた黛嵐が風のようになめらかな動きで起き上がった。そのまま音も立てずに寝台から下り立ち、大樹を守るように生い茂った灌木をかき分けて、今にも姿を消そうとする。ソラはあわてて声をかけた。

「黛嵐…、どこへ？」

明け方の薄闇に溶けるような褐色の肌と逞しい体軀、闇よりも黒い艶やかな髪、そして明け初めの空よりも鮮やかな青い瞳を持った男はわずかにふり返った。

「珀焔が結界内に戻ってきた。迎えに行ってくる」

ソラは飛び起きて叫んだ。

「おれも行く！」

「ダメだ。麓の結界はここよりずっと弱い。君の身に万が一のことがあったら困る。…俺だけじゃなく珀焔も」

『困る』という言葉に艶めいた意味はない。黛嵐はともかく、珀焔にとっては。

黛嵐と珀焔は神来山の主で、本性《ほんしょう》は神獣である黒豹と白虎だ。そしてソラは彼らに捧げられた人身御供、――要するに生贄だった。

生贄とはいっても頭からガブリと食べられるわけではない。番《つが》いの相手として、彼らの望むままに身体を開いて受け入れることが、ソラに課せられた使命だった。

黛嵐と珀焔はソラの身体で己が性欲を慰《なぐさ》め、ソラが喜悦の果てに放つ腎水《じんすい》を摂取することで、神力が保たれ高められるのだという。

神来山の守護神として、裾野に広がる邑々に人身御供を要求できるのは百年に一度。ソラが供物として神来山《ここ》に来てからまだ二年あまりしか経っていない。その上、神来山を守る結界の外には禍津神《まがつかみ》の眷属である胡狼《ジャッカル》たちがうろついて、虎視眈々と襲撃の隙を窺《うかが》っている。黛嵐も珀焔も、八百年ぶりに手に入れた供物のソラを、そう簡単に失いたくないはないのだろう。

たとえ、神力を養うための糧として必要とされているだけだとしても――。ソラにとって、自分以外の誰かから必要とされ、求めてもらえる今の暮らしは充分すぎるほど幸せだった。

琥焔はソラのことを、水や食べ物もしくは性欲を解消するための道具としか思っていない節があるが、黛嵐のほうは人としてのソラを認め、愛情らしきものまで示してくれている。だからソラも黛嵐に懐き、琥焔には用がない限りあまり近づかないようにしていた。

それなのに。

二日前、哨戒に出たきり戻って来ない琥焔のことが心配でたまらなかった。自分でもどうしてと思うほど胸がざわめいて、息が苦しくなる。

「黛嵐から絶対に離れないし、もし何かあったらすぐ逃げ帰る。絶対に迷惑はかけないから、お願い！」

言い募りながらソラは黛嵐に駆け寄ってすがりついた。

「琥焔が心配なんだ。お願い……！」

昨日までの自分なら決して口にしなかった言葉。でも今はひどい胸騒ぎがする。

ソラが必死になって訴えると、黛嵐はどこか寂しそうな、何かをあきらめようとする表情を一瞬浮かべて小さく息を吐いた。そうして「分かった」とうなずくと、黒豹に変化《へんげ》してソラを背に乗せ、風よりも早く走り出した。

黛嵐の背にしがみついて一気に麓近くまで駆け下りたソラは、一蹴りごとに濃くなる血の匂いに眉をひそめた。風もないのに木々がざわめいている。空気がひどく刺々《とげとげ》しい。ソラが暮らしている山頂付近の聖域では瑞々しく光輝いている豊かな森が、ここではずいぶん殺伐としてくすんで見える。朝靄すら陰鬱に澱《よど》んで見えた。

『胡狼どもの仕業だ』

不審そうにあたりを見まわしたソラに気づいたのか、黛嵐が心話で忌々しそうに話しかけてきた。温厚でいつもやさしい笑みを絶やさない彼には珍しく、感情を露《あら》わにしている。その理由はすぐに明らかになった。

麓の森に入ってしばらくすると、生い茂る梢の隙間から朝陽が弱々しく差し込みはじめた。光が届かない場所には、未だ夜の名残《なごり》の薄闇がしつこくへばりついている。その薄闇が凝《こご》った先、苔生《こけむ》した倒木と大きな岩が作り出した窪みに、血潮で朱《あけ》に染まった男が横たわっていた。

白銀の髪、広い肩、厚い胸板、長い手足。いつも優雅に羽織っていた黒い縞入りの真白い毛皮。そのすべてが無惨に血で汚れている。

「珀…焔……ッ!?」

その瞬間、ソラの周囲で世界が消えた。明け初めの空も、朝靄にかすむ森も、自分がしがみついていたはずの黛嵐すらも。ソラの目に映るのはただ目の前の珀焔のみ。

気がついたときには血溜まりに跪《ひざまず》いて、珀焔にしがみついていた。

「う…そ……、珀焔…!!　しっかりして…っ」

いつもソラを見下すように酷薄な笑みを浮かべていた白皙の頬にも、血がこびりついている。

固く閉じられた目元は黒ずんでぴくりとも動かない。唇は肌と同じくらい血の気を失っている。人型のときも獣型のときも気高く昂然と上げていた頭が、今は力なく地面に触れている。雪よりも美しく白銀に輝いていた長い頭髪も血を吸って、赤黒い蛇のようにとぐろを巻いていた。

身体中どこもかしこも咬《か》み傷だらけで、食い千切られた傷口に血溜まりができている。むせ返るほどの血臭に、ソラは眩暈を起こしかけた。その背中を誰かにやさしく支えられて、ようやく黛嵐の存在を思い出す。けれど今はふり返って礼を言う余裕がなかった。

「珀焔、お願い…、死んじゃやだ……！」

血糊でぬるつく頭をそっと抱えて膝に乗せ、ソラはささやくように訴えた。もっとちゃんと話しかけたいのに、喉が潰れたようにひしゃげてかすれ声しか出ない。涙がこみ上げて止める間もなくこぼれ落ちる。

「お願…い…珀焔、お願い…だから……！」

珀焔を失うかもしれない。そう思っただけで胸が潰れそうだった。彼がいない世界で生きていくことなど考えられない。理屈も打算もない。自分自身を欺《あざむ》いていた意地の砦が崩れて消えると、あとに残ったのは剝き出しの真心だけだった。

「お願いだから、おれを…置いていかないで…！」

ソラはしゃくり上げながら何度も珀焔の名を呼び続けた。そのたびに大粒の雫が音を立てて珀焔の頬を打ち、こびりついた血を洗い流してゆく。そのうちのひと粒がまぶたに落ちて睫毛を震わせた。震えは二度三度と続き、やがてわずかにまぶたが開いて金色の瞳が現れる。

「珀焔……！　黛嵐、珀焔が目を覚ました……っ！」

「そのまま声をかけ続けてくれ。珀焔、しっかりしろ、すぐに聖域に連れ帰ってやる。それまでの辛抱だ」

腰布を裂いて応急の止血をしていた黛嵐が励ますと、珀焔はうなずく代わりにまぶたを伏せ、そのまま再び意識を失いそうになった。

「眠らないで、珀焔……！」

ソラが必死に呼びかけると、珀焔はしんどそうに薄く目を開けてソラを見上げた。そのまま何か言いたげに唇を動かしかけたけれど、声にはならない。けれど唇の動きから、彼が何を言おうとしたのかは読み取れた。

『ソラ…』

声なき声で名を呼ばれた瞬間、ソラの胸奥で何かが弾けた。

それは両親亡きあと、神喰邑で独りで暮らすうちにできた固い殻。求めても欲しいものは手に入らない。誰かを愛しても自分の想いは届かない。決して愛し返してはもらえない。

そういうあきらめが凝ってできた悲しい鎧。

それが微塵に砕けて、全身を貫かれた気がした。

ソラは震える両手で珀焔の右手を握りしめ、祈るように呼びかけ続けた。

「これからは、珀焔がやれっていうこと、嫌がらない。なんでも言うこと聞く。だから…お願いだから、おれを…、おれたちを、置いていかないで……──」


獣型になった黛嵐はソラの手を借りて珀焔を背に乗せると、急いで聖域に連れ戻った。

ふたりがかりで念入りに傷の手当てを施し、手厚い看護を続けたが、珀焔の容態は一向に回復する兆《きざ》しを見せなかった。胡狼の牙には穢毒《えどく》があり、咬み傷からその毒がまわったのだろう。時々目を覚ましても長くは意識を保っていられず、すぐに眠りに落ちてしまう。熱も高い。

心配は尽きなかったが、連日続いている胡狼どもの領界侵犯を見過ごすわけにもいかず、黛嵐は立ち上がった。

「ソラ。半刻ばかり留守にするが、珀焔を頼む」

哨戒《しょうかい》に行ってくると告げると、ソラは不安を見せないよう気丈に笑みを浮かべてうなずいた。

「はい。黛嵐も気をつけて」

ソラは怪我をした珀焔を見つけたあの日以来、どこか凜とした強さを身にまとうようになった。珀焔を心配するあまり痩せやつれているにもかかわらず、以前より美しいと感じる瞬間が往々にしてある。その理由を深く追求することは避けたまま、黛嵐は聖域をあとにした。

結界の見まわりは、これまで珀焔と交替で行っていた。しかし今は黛嵐がひとりで毎日、気になる場所を大急ぎで確認している状態で、満足に修復している余裕がない。当然、麓近くの結界は以前にも増してあちこちに綻《ほころ》びが生じ、ヘタをすれば中腹近くに張った第二の結界まで侵蝕されている始末だ。

それだけ胡狼どもの猛攻が激しい証で、黛嵐の苛立ちと疲労は日に日に増している。

できることならソラを抱き、彼の蜜液を飲んで神力を高めたい。温かくやわらかな身体を心ゆくまで味わって癒《いや》されたい。そう思って何度か誘ってみたものの、ソラは珀焔を心配して片時も傍を離れたがらない。そんな状態のソラを無理やり抱いても、しこりが残るだけだろう。

「俺と珀焔の立場が逆だったら…、あいつはきっと容赦なくあの子を抱いただろうな」

そしてソラも、黛嵐を心配しつつ珀焔の求めに応じただろう。――たとえ口では、どれほど嫌だと言っても。黛嵐の唇が自嘲《じちょう》に歪む。

「俺も珀焔を見習って、最初から強引に迫ればよかったのか…？」

そうすれば、あの子の気持ちを今よりもっと引き寄せられただろうか。

――いいや。

そんなことをしても、たぶんあの子の心は手に入らない。冷たくしてもつれなくしても、ソラが珀焔に惹《ひ》かれるのは、珀焔が珀焔だからだ。俺が同じような態度を取ったところで意味はない。

「切ないな…」

綻びの増した結界を見つめて、黛嵐は大きく溜息を吐いた。

哨戒のために黛嵐が出かけてしばらくすると、珀焔が目を覚ました。とはいえ半分夢現《うつつ》で朦朧としている。いつもの覇気はなく、身体もほとんど動かない状態だ。

ソラは黛嵐から預かっていた霊薬と水を、口移しで少しずつ与えた。珀焔はひと口飲み込むのも大儀そうだったが、ソラは根気よく与え続けた。霊薬を飲み終わると、珀焔はわずかに視線をさまよわせた。

「黛嵐は結界の見まわりに行ってる。すぐに戻ってくるよ。何かしてほしいことはある？」

珀焔は視線をソラに戻してじっと見つめ、唇をほんの少し動かした。

「え？　なに？」

よく聞き取ろうと耳を近づけると、苦労して持ち上げた右手でそっと頬を撫でられた。まるでソラの無事を確かめるようなその仕草に、胸がトクンと大きく高鳴る。

「珀…焔？」

こんな状況にもかかわらず、珀焔に見つめられ、触れられただけで全身が小波立《さざなみだ》つように震えた。どうして…と思う間もなく涙がこぼれそうになる。

――だめ…、突然泣いたりしたら珀焔が驚く。

ソラがあわてて目を瞬《しばたた》いて笑顔を浮かべて見せると、珀焔はほっとした表情を浮かべて再び眠りについた。穢毒に傷めつけられ、やつれてもなお、変わることなく端整なその寝顔を見つめるうちに、ソラは嫌というほど思い知った。どんなに否定しても、誤魔化すことはもうできない。

「おれ、やっぱり珀焔のことが…好き、なんだ…——」

ううん。好きなんて言葉じゃ足りない。この気持ちはもっと深くて強い。

「でも、どうして…？　あんなに冷たくされて、意地悪ばっかりされてたのに」

どうして…と、自分の気持ちを持て余して悩むソラと、眠りに落ちてもソラの手を握って放さない珀焔の姿を、哨戒から戻った黛嵐が、茂みの陰から切ない眼差しでそっと見つめていた。

聖なる剣

珀焔が大怪我を負って八日目の朝。

一向に回復の兆しを見せない珀焔の容態に焦れた黛嵐は、悩んだ末の苦渋をにじませながら、ソラに向かって宝剣を掲げて見せた。

「このままでは埒《らち》が明かない。一度、剣に戻って治療するしか術はないようだ」

ソラは差し出された宝剣を受け取りながら首を傾げた。この剣は、ソラが人身御供として神来山の頂に登ったとき、洞窟の奥の祠で見つけたものだ。ソラの涙と祝詞《のりと》によって、剣に封じられていた珀焔と黛嵐は八百年ぶりの自由を得た。

「剣に…戻る？」

「そうだ。この中に神界がある。いや…、正確には神界に通じる道というべきかな。とにかく俺たちが神界に戻っている間、剣《これ》を守っていてほしい。決して他者に触らせたり、万が一にも奪われたりしないように」

真剣な面持ちの黛嵐に念を押されて、ソラは湧き上がりかけた心細さと不安をぐっと抑えてうなずいた。

「はい。絶対に守ってみせます。だから早く戻ってきて…。おれ、ずっと待ってるから」

「ああ。珀焔の傷が癒えたらすぐに戻ってくる。たぶんこちらの時間で数日程度だろう。その間、くれぐれも結界から出ないよう用心してくれ」

黛嵐は大樹に守られた聖域の結界をもう一度確認してから、ソラをそっと抱き寄せ唇を重ねた。

「君をひとり残して行くのは、とても心配なんだが…、神界の決まりごとで連れて行くわけにはいかないんだ」

言い訳のようなささやきとともに、もう一度深く唇が重なる。黛嵐の舌が歯列を割って口蓋をぬるりと探り、刺激に浮いたソラの舌に絡みつく。そのまま引き抜かれるような強さで吸われて、ジン…と身体の芯が痺れた。珀焔が怪我をして戻ってきて以来、どうしても抱かれる気分になれず誘いを拒み続けていたせいで、黛嵐もずいぶん餓えているのだろう。忙しなくソラの背中を抱き寄せる腕にも、髪をまさぐる指先にも、強く潤むような熱情が籠もっている。

神獣である黛嵐と珀焰は、贄であるソラと交わることで神力が増す。珀焰が怪我で動けない分、ひとりで結界を護っている黛嵐のためにも、積極的に抱かれるべきだと頭では分かっている。けれど、穢毒に苛まれ苦しんでいる珀焰のことを思うと、どうしても駄目だった。

「ご…めんなさい、黛嵐…」

痺れるほど舌をまさぐられ、唾液をさらい尽くすように舐め取られて、ようやく唇が離れると、ソラは小声で謝った。謝罪の意味を正確に汲み取ったのだろう、黛嵐は苦笑を浮かべてソラの頭をひと撫でしながら、

「君の気持ちは分かってる。珀焰の怪我が治って戻ってきたら、我慢させられたぶん、たっぷり抱かせてもらう。覚悟しておいてくれ」

わざと茶化した物言いでソラの気持ちをほぐしてくれる。そのやさしさにどれだけ甘え、許されていたか、ソラが思い知るのは、もっとずっとあとになってからだった。

独りの刻《とき》はのろのろと過ぎてゆく。

黛嵐と珀焰が剣の中に姿を消してから一昼夜が過ぎた。聖域には木の実や果物、自生の野菜などが豊富にあり、ソラひとりでも食べ物に困ることはない。それらは人界の物とは比べようもないほど、美味で滋養に満ちている。けれど独りで摂る食事は味気なく、独り寝の閨《ねや》は広すぎて、寒くもないのに震えが止まらなかった。

ソラは黛嵐の言いつけ通り、片時も剣を離さなかった。

二日目の太陽が地平の彼方に沈んで、再び独りの夜が訪れる。ソラは手早く食事をすませると、宝剣を抱いて寝台に横たわった。子どもの拳大ほどもある柄頭の宝玉が、瞬きはじめた星明かりを受けて秘やかに輝く。ここに来たばかりの頃、要所要所に様々な形の宝玉が埋め込まれ、ぐるりと蔓模様が取り巻いている柄《つか》の部分で後孔を犯され、珀焔にひどく苛められたことを思い出して、頬がじわりと熱くなった。下腹部に凝《こご》った蜜のような重くて甘い痺れが生まれる。

ソラはもぞりと両脚を摺り合わせて目を閉じ、剣をことさら強く抱きしめた。

「珀焔、黛嵐、早く戻ってきて…」

元通り元気になった珀焔と、数日分の餓えをたぎらせた黛嵐に、思う様抱かれる己の姿を想像しただけで喉がひくりと鳴ってしまう。

いつの間に、自分はこんなにも好色になったのだろう。初めてふたりに抱かれたときは、怖くて辛くて仕方なかったのに。今では、早く彼らに抱かれたいと思っている。

独り寝の寂しさと心細さをまぎらわすため、ひと抱えほどもある宝剣に我が身を押しつけようとしたそのとき、大樹の庭を守る茂みがガサリと音を立てた。

ソラは飛び起きて宝剣を抱え直し、誰何《すいか》した。

「誰⁉」

応《いら》えはない。しばらく息をひそめて様子を窺ってみたけれど、再び茂みが動く気配もなかった。

気のせいだったのかと気をゆるめかけたとき、再び、今度は別の場所がガサリと蠢いた。動き自体は小さい。枝を一本弾いたような、もしくは小石が投げ込まれたようなわずかな揺れだ。けれど胸騒ぎがする。何か悪いものがやって来るような気がして、ソラは寝台の頭側にある大樹の幹に身を寄せた。

原因不明な茂みの揺れはひと晩中続き、ソラは不穏な物音の原因を調べたい気持ちと、宝剣を危険にさらす可能性を秤にかけて身動きできないまま、まんじりともせず朝を迎えた。夜が明けると茂みを揺らす物音は絶えたものの、代わりにかすかな遠吠えが聞こえるようになった。

「胡狼…？」

ソラは周囲を用心深く見まわして宝剣を抱え直した。

『――万が一にも奪われたりしないように』

真剣な面持ちで告げた黛嵐の言葉を思い出す。

珀焔をあんなにも痛めつけた胡狼の手に渡るようなことになったら、お終いだ。

ソラは立ち上がって大樹を見上げ、刻が経つにつれて次第に大きく、近づきつつある複数の吠え声に耳を傾けてから、もう一度大樹を見上げた。

「この剣だけは守らなきゃいけない。絶対に…」

心を決めて大樹に登り、生い茂った枝葉の間に宝剣を隠したのは、充分考え抜いた末の決断だ。数本の蔓で枝にしっかりくくりつけ、端から見たのでは決して見つからないよう、しっかり隠れているのを確認すると、ソラは大急ぎで大樹の庭を離れることにした。

胡狼たちの吠え声はもうずいぶんと近づいてきている。宝剣を守るためには自分が囮《おとり》になって彼らの注意を引くしかない。ソラは木の枝を折って先端をするどくした棒や、袋いっぱいの石礫《つぶて》、刺激性のある木の実を砕いたもの、棘のある蔓草などを集めながら森を駆け抜けた。

決死の覚悟で走り続けるソラの頭上で、先刻まで輝いていた太陽が暗雲に覆われてゆく。世界は昼とも思えぬ焦臭《きなくさ》い闇に沈みはじめた。


神来山の結界を喰い破って侵入した胡狼にソラが襲われたのは、その日の夕刻近く。

「ぁあ…ッ」

最初に蜻蛉の羽のように薄く繊細な上衣に咬みつかれた。少女の悲鳴のような音を立てて帛《きぬ》が引き裂かれても、ソラは走るのを止めなかった。けれど背後から三頭、左右からそれぞれ二頭、そして行く手を阻むように前方からひときわ大きな一頭が現れたところで、逃げ場を失い立ち止まる。同時に前後左右から襲いかかられて、ソラはありったけの石礫と目潰しの木の実をばらまき、棘のついた蔓草を投げつけて胡狼たちの四肢をもつれさせた。

「ギャウッ」

飛び道具がなくなると、先端を尖らせた手製の槍を振りまわして獣たちを追い払おうとした。

しかし所詮は多勢に無勢。相手は何十頭もいる。しかも珀焔に大怪我を負わせたほどの力の持ち主だ。即席の槍は瞬く間に咬み砕かれ、抵抗する術を失ったソラは両手で顔を庇い、身体を丸めて地に伏せた。間を置かず、胡狼たちが飛びかかってくる。金糸の刺繍が施された腰帯に牙が食い込み、引き剝がされてしまうと、辛うじて身にまとっていた薄衣がはだけて落ちる。下肢を覆っていた絹布も、あっという間にずたずたに引き裂かれてしまった。

近くで複数のうなり声と咆吼が間断なく聞こえる。

鼻を突くような獣臭さと忙しない息づかいに囲まれて、生きた心地がしない。何頭もの胡狼たちに襲われながら痛みをまるで感じないのは、感覚が麻痺しているからだろうか。

ソラはおそるおそる顔を上げて、己の姿を見てみた。顔を庇った腕の隙間から、頼りない下帯一枚を残した己の白い肌が、朽ち葉に覆われた地面にくっきりと浮かび上がって見えた。

血は出ていない。傷もない。

ほっと安堵の吐息をつく間もなく、ぞろりと脇腹を舐められて悲鳴が洩れた。

「ひ…、あぅ…っ」

肩や腕、背中、腿、脹《ふく》ら脛《はぎ》。次々と身体中に胡狼の鼻面が押しつけられ、熱くてぬるつく舌で舐めまわされる。

「な…なに？　止めて…っ」

最初に襲われたとき、自分も珀焰のように胡狼たちの鋭い牙の餌食になるのだと思い込んでいた。しかし予想に反して、彼らはソラをすぐに咬み殺してしまうつもりはないようだ。どうやら目的は別にあるらしい。

「や…っ、嫌…！」

数頭の胡狼が押し合うように争いながら、唯一残されていた下穿きの中に鼻面を突っ込みはじめる。ソラは急所を庇うように小さく身を縮めながら、彼らの行為が示す未来を予測して、暗澹《あんたん》たる気持ちになった。

「グァルル…」

ふいに、ひときわ大きなうなり声が聞こえて、押し合うように群がっていた胡狼たちが風に煽られた葦のように身を引いてゆく。

「……ッ！」

一縷《いちる》の望みをかけて顔を上げたソラの瞳に映ったのは、期待していた白虎と黒豹の姿ではなく、他よりひとまわり大きな金茶色の胡狼だった。大胡狼は、泥をまぶしたような灰茶色の群れを押し退けてソラに近づくと、我がもの顔でのしかかってきた。

「ひぃ…ッ！」

目の前が黒く染まる。太い前肢で胸を押し潰されて息ができない。

狭まる視界の中で、金茶色の大胡狼の身体がぞろりと波打って大柄な男の姿に変化《へんげ》した。男といっても、珀焔や黛嵐のように完璧な人型ではない。半人半獣というべきか、顔立ちは胡狼のまま、身体もほとんど体毛に包まれている。辛うじて二本足で立ち、毛むくじゃらの両手には五本指がそろっているという程度だ。

「クク…、糞忌々しい白虎と黒豹は見つからなかったが、代わりに思わぬ獲物が手に入ったぞ」

「な、那智《なち》の兄貴、こいつすげぇいい匂いがしますぜ。巣に持ち帰る前に、ちょこっと腕一本くらい味見してもかまいませんかね?」

金茶色の大胡狼に続いて、半分人型に変じた頭の悪そうな手下がうわずった声で訊ねたとたん、那智と呼ばれた金茶色は毛を逆立てて怒鳴り声を上げた。

「馬鹿野郎! こいつは神獣の〝贄〟だぞ! やつらの力の源泉、そして俺たちにとってもまたとない餌だ!」

「…だから腕一本、いやせめて指一本でも」

「ガァア――――ッ!」

「ひぃ…ッ」

「いいか、よく聞け! こいつは巣に持ち帰ってお頭《かしら》に献上する。お頭が心ゆくまで堪能したあとは、おまえらもおこぼれに与《あずか》れるだろう。だがそれまでは指一本欠けてもいかん。誰だろうと抜け駆けしたら許さんぞ!」

「へ、へい」

ここにいる群れの中では一番の上位らしい金茶色の大胡狼は、尊大な目つきで手下たちを睥睨《へいげい》すると、怯えてうずくまっていたソラを抱え上げて、舌なめずりしながらささやいた。

「お頭の次は、俺が存分に可愛がってやるからな」

逞しく筋肉が盛り上がった毛深い腕に潰れるほど強く抱きしめられて、ソラは意識を失った。

෴ 胡狼《ジャッカル》の穴蔵 ෴

丈夫な蔓草で手足を縛られ、半獣に変じた胡狼たちに代わる代わる担《かつ》がれて、いくつの尾根を越えただろうか。

途中で意識を取り戻したソラは、半日ほどかけて胡狼たちの棲処《すみか》である穴蔵に連れ込まれた。

穴蔵といっても単なる洞窟ではない。狭く曲がりくねった通路も、そこを通ってたどりついた広間のような場所も、それなりに仰々しく飾り立てられている。木の根を編んで作った禍々《まがまが》しい装飾が壁や天井を埋め、何の動物のものか分からない骨がそこかしこに積み上げられている。広間の一画には、それらの骨を使ったらしい杯や食器があった。壁際にいくつも灯された松明《たいまつ》の光に照らし出された禍々しい様子に、半ば朦朧としながらソラは震え上がった。

「あの糞忌々しい白虎と黒豹の贄を手に入れただと？　でかした。これでやつらに奪われた縄張りを取り戻すことができる」

耳に障る濁声《だみごえ》に続いて、クックッ…とくぐもった笑い声が広間の奥から聞こえてきたかと思うと、ソラの身体は幾本もの腕で高く抱え上げられ、濁声の主の前に差し出されてしまった。

他より一段高くなった広い台座には歪《いびつ》な木の根や骨、磨いた金属、数多《あまた》の貴石を組み合わせて作り上げた豪奢で不気味な椅子が置かれていた。そこに埋まるように座り込んでいた老いた半獣が、この群れの頭領らしい。昔は大柄で筋骨逞しかったようだが、今はしぼんだように皺だらけ。背中も丸く曲がり、体毛はほとんど灰白になっている。しかし、血のように朱いふたつの眼だけは、炯々《けいけい》とした光を放っている。

頭領が皺だらけで骨張った指をひと振りすると、ソラを担いでいた半獣たちは、ソフの手足を縛っていた蔓を解き、辛うじて身にまとっていた下穿きも取り去ってしまった。さらに両手両足をそれぞれつかんで広げられ、一糸まとわぬ裸体を老人の眼前にさらされる。

「あ…っ」

逃れようともがいても、手足をつかむ半獣たちの腕はびくともしない。逆に、生成り色のなめらかな肌がうねって、胡狼たちの欲情を煽る結果になった。椅子に深く腰かけていた頭領は立ち上がり、よろめきながらソラに近づくと、枯れ木のような指で頬を撫でた。

「――…っ」

指は頬から喉元へと下り、鎖骨をすべって胸の小さな突起にたどりつく。そのまま味見をするように何度か摘んで引っ張られ、指の腹で押し潰すようにこねまわされて、ソラは息を乱した。

「ぃ…や……止め…ッ」

「クク…。ほどよく神気が練られておるようだ」

胸から離れた老爺の指が下腹を過ぎて性器に至ると、ソラの脚を押さえていた半獣たちが心得顔で大きく割り拡げた。さえぎるものがなくなったソラの若茎と陰嚢を、頭領が皺だらけの手のひらで傍若無人に握りしめる。

「痛…ッ」

ソラが悲鳴を上げると、一転しておだやかな動きに変わった。萎えて力なく項垂《うなだ》れた若茎の根元から先端にかけて何度も撫で上げられ、指先でくすぐるように陰嚢をあやされて、ソラは気色悪さに身をよじった。

「ぅ…ん…あ…、ゃあ…いや……嫌…っ」

けれど四肢を押さえられた状態では老爺の手から逃れられない。全身から脂汗が噴き出る。まるで毒にでも触れたように頭領の指がたどった場所から、痺れるような、細い針で刺されたような、異様な感触が広がってゆく。

「ほうほう、白虎と黒豹には抱かれても儂《わし》に抱かれるのは嫌だと申すか。――まあ無理もない。あちらは神獣、こちらは禍津神の眷属。格だけならあちらが上。だが、一度でも儂の魔羅を味わえば考えも変わるだろうよ」

頭領は低くしゃがれた濁声で語りながら、目配せで左右の半獣たちに合図した。

立ったまま嬲られていたソラの身体が、ふわりと宙に浮いたかと思うと、背中から床に押しつけられた。床といっても、何枚も重ねられた厚い布の上だ。肌触りはあまりよくないが、石や土の上よりは遥かにまし。

ソラは両腕を押さえつけられ、膝を曲げた状態で両脚を大きく割り拡げられた。まるでひっくり返った蛙のような姿勢だ。剝き出しの尻に老爺の顔が近づいて、生ぬるい息がかかる。一番敏感で繊細な窄まりに骨張った指先が触れたかと思うと、皺を数えるようにゆっくりと揉まれた。さらに人よりもずっと大きくて長い舌で、べろべろと舐めまわされる。ぴちゃ、ぐちゅ…と淫猥な音が響きはじめると、手足を押さえている獣人たちの体熱が一気に上がったようだった。

「…やっ、や…止め……あ、ぁあ……！」

筒のように丸めた舌先で後孔を抉られて、ソラは胸を反らし、首を左右に振った。

頭領は両手の人差し指を一本ずつ後孔に潜り込ませて、固く窄まった入り口を広げると、舌を使って唾液を流し込んでゆく。その潤みを借りてさらに指を中に進め、そこにまた唾液を送り込む。何度かそれをくり返すうちに、頑《かたく》なだったソラの後孔は意思に反してゆるみはじめた。

人身御供として神来山に来て以来、ほとんど毎日のように珀焔と黛嵐に抱かれていたせいで、ソラの身体は以前とは比べものにならないほど感じやすく、敏感になっている。その上、胡狼の唾液には媚薬のような作用でもあるのか、老いた頭領の舌が触れた場所は掻痒感に似た痺れと、ぴりぴりとした刺激が生まれて、ソラを悶《もだ》えさせた。

——ど…うして？　こんな、嫌だ…、珀焔と黛嵐以外の半獣に抱かれて感じるなんて嫌…、嫌なのに…！

戸惑うソラの気持ちなどおかまいなしに、秘処をこねまわす老爺の舌の動きが激しくなる。ぬちゃぬちゃ、ちゅくり…と粘着質の淫猥な音を立てて、かなり奥まで潜り込んでいた舌が出て行くと、代わりに枯れ木のような、けれど充分な長さを持った節高い指が、遠慮の欠片《かけら》もなく挿し込まれた。

「ひぁ…っ、あ…いやぁ…——」

細いけれど棒のように固い指先で、予想したよりずっと奥まで犯されて、ソラはとっさに力を込めて肉筒を引き絞った。けれどそれは、逆に頭領の指の形を強く感じてしまう結果を招いただけだった。

「ほ、ほ、ほ。きつくてよい孔じゃの。神獣どもの逸物を夜ごと受け入れてきたとは思えぬ初々しさだ。久方ぶりに儂の魔羅にも血がたぎってきたぞ。それ、それ、それ」

老頭領は右手の指でソラの後孔を衝きながら、左手で己の陰茎を取り出して扱きはじめた。しなびて皺だらけの身体の中で、赤黒いその逸物だけは生気にあふれ、わずかに勃起しはじめていた。先端は大きくエラが張り、幹には木の根のような太い血管が走っている。その根元には細かい棘状の疣《いぼ》がびっしりと取り巻いていた。

「いや…いや！　お願い…嫌…止めて…——っ」

ソラは必死に首を振り、涙交じりに訴えた。

まるでそれが合図だとでもいうように、左右の半獣たちにひときわ高く腰を持ち上げられ、膝立ちの老頭領の逸物がちょうど収まる位置で固定されてしまった。

──嫌だ、珀焔と黛嵐以外に犯されるなんて…絶対に。

「嫌…ぁあ、ひぃ…ッ…──」

絶対に嫌だと叫び続けた願いも虚しく、舌と指で散々ほぐされたそこに、先走りを滴らせた老頭領の先端が押し当てられた。拒む間もなく先端が潜り込んでくる。長大だが老いた男根は自力で張りを保つことはできないらしい。頭領は手のひらで己を支えながら、押し込むようにゆっくりとソラの後孔を犯していった。熱く潤んだ花筒を、禍々しい獣欲を孕んだ肉の凶器が容赦なく突き進み、これ以上はもう無理という奥の奥までいっぱいにされる。

「やだ、やだやだ…止めて…、お願…い……、助けて、珀焔！　黛嵐…！」

ソラは唯一自由に動かせる頭を何度も振りながら、愛しいふたりに助けを求めて涙をこぼした。

「ほう、神獣どもの名前は『珀焔』に『黛嵐』というのか。これはいいことを聞いた。名を知れば相手を支配することもできるからな」

腰を蠢かしながら笑い声を上げた頭領の言葉に、ソラはハッとして口をつぐんだ。

血の気が引いてゆく。自分はもしかしてとんでもない間違いを犯したのだろうか。助けを求めて名を呼んだことで、ふたりに迷惑どころか災厄が降りかかるようなことになったら、どうやって詫びればいいのか分からない。

己の浅はかさに唇を強く噛みしめた瞬間、円を描くようにぐるりと腰をまわされて、ソラは悲鳴を上げた。

「…ぁあ…――ッ、い…や……」

さらに、長大な逸物が半ばまで抜き出されたかと思うと、次の瞬間には一気に押し込まれた。敏感な内側の肉を擦られて、腰の奥に重くて甘い痺れが生まれる。それは抜き挿しの回数が増えるたびに大きくなってゆく。

「ククク…、すぐに『もっと挿れて、もっと動いて』と言うようになる。儂らの子種が欲しくて、自分から腰を振るようにな」

「嘘だ、ならな…い、そんなこと、絶対…ない」

怖ろしい未来を予言されそうになって、ソラは必死に否定した。そうしなければ本当になってしまいそうで背筋が震える。

「口ではなんとでも言える。だが身体は正直だ。そら、おまえの可愛いらしい花茎は悦んでおるぞ」

言われてまぶたを開けたとたん、己の下腹部で勃ち上がりはじめた性器が目に飛び込んできた。

「嘘…」

「嘘なものか。おまえは儂に犯されて悦んでおる。意地を張らずに素直になればいい。そうすればおまえも楽しめる。どうせこの先、おまえは一生、儂ら胡狼一族の贄として抱かれて過ごすのだから」

言いながら、頭領は忙しなく腰を動かして抽挿をくり返した。最初は手で支えてやらなければ挿れることができなかった陰茎が、次第に硬度を増してゆく。不思議なことにしなびて皺だらけだった身体も、わずかに背が伸びて、生気を取り戻したように見える。

頭領は手で支える必要がなくなった男根を、腰の動きだけで何度もソラの肉筒に挿れては引き抜きながら、自由になった両手でソラの肩をつかんで顔を寄せた。細長い鼻面と、深く裂けた口《こう》吻《ふん》、黄ばんで半分欠けた牙の間から涎が滴り落ちてくる。ソラの後孔を散々嬲り尽くした大きな舌が近づいて、必死に食いしばっていた唇をぞろりと舐められた。

「んぅ……――」

ソラが顔を背けても、舌は執拗に追いかけて口中に潜り込もうとする。それだけは嫌だと、必死に首を振り続けると、焦れた頭領は手下に命じてソラの頭を固定してしまった。後孔への抜き挿しは間断なく続いている。小刻みに腰を打ちつけながら、頭領はソラの顎を強くつかんで口を開けさせると、人よりずっと大きな舌をねじ込んで蹂躙しはじめた。

「ぅ…ゃ…や、んぁ…ひ……ぅ、ゃぅ…」

ぐちゅぐちゅと唾液が音を立てて泡立ちはじめる。

胡狼の唾液なんて絶対に飲みたくない。死んでも嫌だ。そう思って吐き出そうとしても、仰向けで口腔を責められているせいで叶わない。口内いっぱいに溜まった胡狼と自分の唾液が、混じり合って唇の端からこぼれ落ち、喉元を濡らしてゆく。やがて唇全体を覆うように唇接けが深くなり、さらに息ができないよう鼻を摘まれて、耐えきれず唾液を嚥下してしまった。

「ん……ぐぅ」

喉奥に穢れがすべり落ちてゆく。それは胃の腑の底に溜まって、そこからじわじわと身体が蝕まれてゆくような気がする。身体の内側から爛《ただ》れた熱が生まれて、ソラはうめき声を洩らした。

同時に、後孔を擦り上げていた胡狼の性器が一気に根元まで押し込められた。そのままグッと張りを増したかと思うと、ソラの中でビクビクと蠢きながら大量の粘液を吐出した。

「――……！」

珀焔と黛嵐しか知らなかった身体が、禍津神の眷属である胡狼の穢れた子種に犯されてゆく。

――もうお終いだ。

「あ…、あぁ……」

ごめんなさい…、珀焔、黛嵐…。

贄に対して厳しい珀焔はもとより、やさしい黛嵐ですら、自分たち以外の獣に犯され穢れてしまったソラを抱こうとは、二度と思わないだろう。

――これで…もう、お終い……。

息苦しさのあまり遠のきかけた意識の中で、ソラは絶望を味わった。

あきらめの涙をこぼしながら、暗く果てしない闇に身を委ねようとしたそのとき、身体を強引に揺すられて、ソラは意識を取り戻した。

「ひぃ…っぐ、げほっ…、げほ……っ」

四肢を押さえ込まれたまま、ソラは何度も咳き込んで胸を喘がせた。ようやく息を吸い込むことができたせいで、汗が噴き出て身体が一気に熱くなる。頭がくらくらして視界がぼやけて見えた。自分を抱きしめている頭領の姿が、ひとまわり大きくなったように思えたけれど、確かめる気力もないまま、目を閉じて力を抜く。しばらくしてソラの息が整いはじめると、待っていたように頭領が逸物を抜きはじめた。下腹が盛り上がって見えるほど腹腔内を占領していた長大な性器がずるずると出てゆく。腸《はらわた》ごと引きずり出されるようなえも言われぬその感触に、ソラのうなじから後頭部にかけて痺れるような震えが走る。

「な…？　や…、あ…ッ…――」

どこか覚えのある感覚。それはたぶん快感に近い。

認めたくない。けれど今さら必死に否定したところで、救いがあるわけでもない。どうせもう、自分は汚されてしまったのだから。

「そうとも。素直に気持ちいいと認めたほうが、この先おまえも楽しめるぞ」

まるでソラの考えを読んだような頭領の言葉が、追い打ちをかける。続いて、中途半端に勃ち上がっていた性器が熱いぬめりに包まれた。

「ひぅ…っ」

頭領は長い舌を巻きつけて、ぬっぬっと強弱をつけながらソラ自身を舐め上げた。若茎は見る間に勢いを増してゆく。それを嫌だと思う気持ちも、辛いと感じる心も、今のソラには重荷になるだけだ。投げやりな気分でふらりと視線を泳がせると、台座に敷かれた褥《しとね》を取り囲み、固唾を呑んで凌辱の一部始終を見つめている半獣胡狼たちの存在に気がついた。

「……ッ」

獣欲をたぎらせた何十もの視線を意識したとたん、身体の芯が粟立つような、手の届かない場所が猛烈に痒くなったような――…愉悦の萌芽を感じた。

「いいぞ、その調子だ。もっと感じろ、欲望に素直になれ。気持ちいいと口にするがいい。触ってほしいところを言ってみろ。ここか、それともここか？」

花芯からいったん舌を離した頭領は、右手の指で重みの増したソラの双珠をくすぐるように撫でまわし、左手で幹のつけ根から先端にかけてを何度も扱きながら、縦に丸めた舌の先端で鈴口を突《つつ》いた。

「や、そこは嫌…っ」

「そうか、ここがいいのか」

「ちが…、嫌だ…って言った」

何もかもが嫌になって、涙がこぼれた。なのに身体はどんどん熱くなってゆく。自分の性器の先端が、まるで空気を求めて水面に浮かぶ魚の口のようにひくつき、そこから透明の先走りをこぼしはじめたのを感じて、ソラは自由にならない両手を強く握りしめた。

「おお、美味い美味い。さすがに妙《たえ》なる甘露だ。どれ、もっとたくさん出すがいい。おまえの精汁は蜜より甘い、儂らにとって至高の餌《え》となる」

それぞれ早くと急かされ、老練な指使いで追い立てられて、ソラは太股を震わせながら吐精した。

「あ…ぁあぅ……ッ」

自分と、愛しいふたりの神獣を裏切ってしまった後ろめたさが、背徳の愉悦となってソラの心を蝕《むしば》んでゆく。どんなに嫌だと思っても、否定しても、身体は気持ちいいと感じてしまうのだ。それは、珀焔と黛嵐によって育まれた淫蕩さのせいなのか、それとも胡狼の頭領に注ぎ込まれた体液のせいなのか判然としない。

犯された衝撃ゆえか、それとも胡狼の体液に含まれた邪淫の精と穢れゆえか、刻が経つごとにソラの思考は摩耗して、まともに考えることができなくなってゆく。

頭領はソラが放った白濁をひと滴《しずく》も残さず飲み下し、先端に残った残滓《どんし》すらきれいにすすり終わると、満足そうに息を吐いて身を起こした。

「おお…力が湧き上がる。長く失われて久しい、二度と戻ることなどないと思っていた活力が、若さがみなぎってきた。これほどの贄餌《にえ》を日ごと摂取していたのなら、やつらの強さもうなずける。ようし、おまえたち！　全員にこの者を与えてやろう。ただし大事に扱うのだぞ。壊してしまっては元も子もない。全員が神力を充分に養ったら、一気に神来山を攻めて縄張りを取り戻すのだ！」

「おう!!」

腕を振り上げて滔々《とうとう》とまくしたてた頭領の声は、前より若々しく、身体もふたまわり近く大きくなっている。ソラはぼんやりとまぶたを開けてつぶやいた。

「だ……れ……？」

振り向いてにやりと笑った頭領の顔は老いた胡狼ではなく、澱んだ血のような髪色をした壮年の男のものだった。


「二番手は俺だ」

頭領の許しを得たとたんソラに群がろうとした半獣たちを追い払い、大声で宣言したのは、手下から『那智の兄貴』と呼ばれていた金茶色の大胡狼だ。彼は無抵抗の獲物には興味がないらしく、ソラの手足を押さえていた半獣たちに「放してやれ」と命じた。

ソラは朦朧とする頭を振りながら、本能的に褥から離れようともがいた。長い間押さえつけられていた手足は痺れ、犯されたばかりの腰はがくがくと震えて、まともに歩くことすらできない。それでも這うように褥から遠ざかり、なんとか段の縁にたどりついたところで、背後から追いかけてきた那智に抱え上げられ、元の場所に連れ戻された。

「ひぃ…、い…や、嫌…もう、いや」

ソラが手足をばたつかせると、那智は楽しそうに笑いながら、その抵抗をやすやすと封じて褥に押し倒した。

二本の腕をひとまとめにして頭上で縫い止められ、空いた右手で無造作に片足を持ち上げられて、腰を押しつけられる。後孔からは頭領が放った白濁が、身動ぐたびにぬぷりと小さな音を立ててこぼれ落ちる。ソラは恥ずかしさと厭わしさに身をよじったけれど、那智は好色そうに目を細めて舌なめずりすると、ためらうことなく、すでに隆々と昂ぶっていた男根を柔らかな肉筒に突き立てた。自分たちの頭《かしら》とはいえ、他の雄が子種を放ったばかりの場所を犯すことへの嫌悪はないようだ。

「きゃ…ぅ…――」

長大だがやわらかかった頭領の逸物とは違い、那智のそれは棍棒のように硬く雄々しかった。それが腹腔内の繊細な媚肉を刺激しながら奥へと進んでゆく。

「ああ…、やぁ……、あぅ…ぁあ…――」

再び重苦しい熱塊が、下腹を犯して入り込んでくる。息がつまる不快さと同量の愉悦がそこにあった。性器のつけ根あたりから、キンと張りつめた糸のような強い快楽の煌めきが幾筋も走り抜け、まぶたの裏で弾ける。鋼のように硬く熱い充溢が、やわらかく潤んだ肉の洞を突き進んでゆくと、中に出されていた大量の白濁が音を立てて押し出された。

粘つく液体が腿のつけ根から尻朶《たぶ》へと伝い落ち、褥に擦りつけられて恥ずかしい染みになる。

両脚を大きく拡げられて、毛深い下生えが尻に触れるほどみっちり男根を挿入されてしまうと、両手の縛めを解かれても逃れることはできなくなった。

今のソラにできるのは、上体を折り曲げて胸を重ねようとする男の顔や肩を、萎えた拳で叩いて遠ざけることだけだ。金茶色の半獣はソラの儚《はかな》い抵抗を楽しみながら、華奢な肩を右手で固定して、体毛に覆われた長い鼻面を唇に押しつけてきた。ソラは頭領のときと同じように二度、三度と顔を背けてそれを拒んだ。

那智はいったん唇接けを断念すると、代わりに狙いを胸に変えた。濡れた鼻面で乳首を転がし、押し潰すようにこねては縦に丸めた舌の先で何度も突《つつ》きはじめる。

「ひぁ…、やっ…あ、ぁん……やぅ…」

那智の舌使いは絶妙だった。舐めては突き、吸いついて引っ張り、押し潰したかと思うと、硬く尖らせた舌先でちろちろと先端を弾く。片方の乳首を舌と鼻先で嬲りながら、もう片方は指で責め苛む。その指使いも舌に負けず劣らず淫猥で、わずかな刻の間にソラの小さな乳首は、真っ赤に熟れた果実のように腫れ上がってしまった。

ソラは朦朧としながら目を開けて自分の胸を見下ろした。嬲られすぎてひりつきはじめたそこは、那智の唾液に濡れてぬらぬらと光っている。

「はぁ、はぁ…はぁ……」

「だんだん気持ちよくなってきただろ？」

ソラが首を横に振ると、那智は意地の悪い笑みを一層深くして、挿入したままだった男根を一気に引き抜いた。

「いぁ……――あ……、やぁあ…――ッ」

完全に抜け落ちた先端が粘液をまとったまま尻朶に触れる。火のように熱いその感触にぞくりと背筋が震えて、ソラは無意識に男の腰に両腿をこすりつけてしまった。

那智は自身の先走りと頭領の白濁、そしてソラの中からにじみ出た淫液をこすりつけるように、剛直の先端を閉じかけた窄まりに再び押しつける。小さな円を描くような動きを何度もくり返してから、ようやく先端をくびれ部分まで押し込んだかと思うと、ソラのそこがきゅっ…と喰い締めた瞬間、容赦なく引き抜いてしまった。そうしてまたくびれ部分まで押し込んでは、きゅ…と喰い締めるのを待って無慈悲に引き抜く。

「止め…て、も…止め……いや…っ、許して…ゆ…」

それを何度もくり返されて、ソラは自分でもどうしていいのか分からなくなった。止めてほしいのか、いっそ一気に奥まで貫いてほしいのか分からない。

頭では嫌だ、止めてほしいと思っている。けれど身体は、別の何かを切実に求めている。

もっと強く、深い何かを…――。

「欲しいと言え」

ソラの懊悩《おうのう》を察したように、那智がことさらやさしい声で堕落への道筋を指し示す。

「『挿れてください』と言ってみろ。楽になるぞ」

「何を」とか「嫌だ」とか抗えたのは最初だけ。

「『那智さまの逞しい男根で衝いてください。子種を腹いっぱい注いでください』と言ってみろ。言わなけりゃ、ずっとこのままだぞ」

たまらない掻痒感を訴える入り口を散々嬲られたせいで、ソラ自身は腹につくほど昂ぶり、透明な雫を滴らせている。けれど根元を強く握られているため吐精は叶わない。内にこもった熱が、爛《ただ》れた毒のようにソラを苛み続ける。

出したい、楽になりたい…。中が痒い、衝いてほしい、思いっきり掻きまわして、ぐちゃぐちゃになるまで何度も擦ってほしい……。――珀焔…黛嵐、助けて……。

ソラは救いを求めるように、涙でかすんだ目を開けた。けれど瞳に映ったのは雪白と漆黒の体毛ではなく、赤茶や焦茶、金茶色を身にまとった半獣ばかり。

「泣いても駄目だ。許してほしけりゃ言うんだ」

頬を軽く叩かれて、ソラはぼんやりと唇を開いた。

「い…れて、ください」

「『那智さまの逞しい男根で衝いてください』だ」

「な…ちさまの、逞し…い男…根で、衝いて…ください、思いっきり…、お腹いっぱいになる…

まで、子種を…注いで、くださ…い」

恥ずかしい言葉を口にしたとたん、ソラは自分の中にあった大切な何かが崩れ落ちてゆくのを感じた。耐え難い喪失感と汚辱。それすらも悦楽に変わるような、毒入り蜜のごとき甘美な淫欲が身体中に満ちてゆく。

「よしよし、いい子だ。そうやって素直になりゃあ、みんなに可愛がってもらえるんだぜ？」

子どもをあやすように頭を撫でられて、ゆるんだ唇に獣の舌が入り込む。ソラにはもう、それを拒む気力がなかった。

——気持ち悪いけど、気持ちいい…。

大きな舌を使って流し込まれる胡狼の唾液を、与えられるがままに嚥下してゆくと、那智は満足そうに喉を鳴らしてソラの口腔を蹂躙した。舌を絡めて吸い上げ、口蓋だけでなく歯の裏側までぞろりと舐めてゆく。粘り気のある粘液が胃の腑に落ちると、そこから数万もの微細な蟲《むし》が、臓腑の隅々にまで潜り込んでいくような気がした。それはソラの心と身体を解体して、淫蕩な生き物に変えてしまう魔物かもしれない…。

自身の埒もない想像に、ソラはうっすらと笑った。

身体の奥深い場所まで汚辱が染み込んでゆく感覚に、嫌悪よりも淫悦が勝《まさ》ったようだ。

身体から力が抜けてゆく。溶けた蠟《ろう》のようにくにゃりと身を投げ出すと、力強い腕に背中を抱え上げられる。那智はソラの脇の下から背中にまわした両手で肩を押さえると、腰を激しく打ちつけはじめた。逞しい肉体と薄い肌がぶつかる音が、薄暗い広間に響き渡る。

「あっ…あぅ…ぁん、あん…、あ、あ…っ…」

激しく揺さぶられるたび、抑えようもなく声が洩れる。

「どうだ、気持ち、いいだろう?」

「う…うん、あっ、ひゃ…あ…ぁあっ…――」

獣のままの細長い鼻面で首筋を舐めまわされて、ソラは自虐と被虐の愉悦に酔いしれ、がくがくとうなずいた。毛深い背中にすがりつくと、那智の動きが一層激しさを増した。限界まで広げられた後孔を、極太の剛直が何度も出入りをくり返す。

ソラと那智の忙しない息づかい。粘液を掻きまわされるぴちゃりぐちゅり、ぬちゃねちゃ…という恥ずかしい音が、延々と広間に響き渡る。

「ぁあ……ひ…ぅ…――」

「オラッ、こぼさず全部呑み込んでみろ!」

潰れそうなほど強く抱きしめられながら、深く強く腰を押しつけられた。限界までソラの奥を犯していた剛直から、頭領のときよりも多くて粘り気の強い白濁がびゅくびゅくと迸る。

「あ…ぁ……熱い、熱い…ぃ…」

直腸から胃の腑を逆流して、喉まで達しそうな勢いで子種を注ぎ込まれて、ソラは頭を仰け反らして喘いだ。性器の根元はまだ握られたままで逐情できない。

それでも手足が硬直して、指先は何かをつかむように無意識に何度も空を掻く。

「や…ぁ、お願…い、お願い…だから、出させてぇ…」

後孔内で吐精を続ける那智の男根を、意思の力では制御できない動きで断続的に締めつけながら、ソラはかすれた声で懸命に訴えた。

「もう少しだけ…我慢しろ…ッ」

那智は息を切らしながら言い聞かせ、ソラの肉筒に己の逸物を食い込ませて、最後のひと滴まで放出し終わると、ようやく満足の溜息とともに男根を引き抜いた。

それからゆっくり顔を伏せ、可哀想なくらい朱く腫れ上がっているソラの若茎に舌を巻きつけて、口内深くに咥えると、根元を押さえていた手の力をゆるめた。

「ひ…ぁ…――」

長く我慢させられた吐精は、脳髄が蕩けるかと思うほど心地よかった。放った白濁を美味そうにすすられると、さらに自尊心をくすぐられて陶然としてしまう。頭の片隅で、自分の精を胡狼たちに飲まれると珀焔や黛嵐が不利な状況に陥るらしいと、警告する声がかすかに響く。けれどその意味をしっかり考える前に、ソラの意識は爛熟した桃果のようにぐずぐずと崩れてしまった。

ソラの蜜液をすすり終わると、那智の姿も頭領と同じように、ほぼ完璧な人型に変化《へんげ》した。歳はさほど変わらないものの、あふれるほどの精力と気力をみなぎらせた堂々とした姿だ。

「ふふ、そんな瞳で見つめられると離れ難いな」

汗で濡れた額に張りついた前髪を指先でかき上げられながら、吐息が触れるほど顔を寄せられて、ソラはぼんやりと男の姿を見上げた。言われたことの半分も理解できない。分かっているのはぐちゃぐちゃに蕩け崩れた自分の後孔が、未だに疼いてひくついていることだけ。

「もっと抱いてやりたいところだが、次がつかえてる。群れの相手を全部終えたら、また可愛がってやるから楽しみにしてな。その頃には自分から股を開いて、しなだれかかってくるようになってるはずだ。初々しいおまえも可愛かったから、少し惜しい気もするがな――」

精悍な男の貌《かお》に邪《よこしま》な笑みを浮かべてソラの頬をひと撫でする、那智は順番待ちで飛びかからんばかりに興奮している三番手に、場所を譲って去って行った。

三頭目の胡狼には、背後から交尾の姿勢で犯された。

ソラは褥に両手をついて腰を高く上げ、興奮した獣の前肢に背中を引っ搔かれながら、その痛みすら快感に変わる淫欲の底でのたうちまわった。折り曲げた両腕の中に顔を突っ伏して何度も喘ぎ声を上げる。汗が滴り落ちて腕を濡らす。自分が吐く息が熱い。唇が乾いてひどく粘つき、喉が渇いて仕方なかった。

「水…、水が…欲し……」

背後から犯されながら息も絶え絶えに訴えると、順番待ちの半獣たちは互いに目配せを交わした。少しして、何かの獣の頭蓋骨でできた杯いっぱいに満たされた水がソラの前に差し出された。

しかし、ひと口飲んだとたん無情にも杯が遠ざけられてしまう。

「あ……!　あ…ぅ…もっと…欲し…ぃ…」

ひと口ではとても足りない。

すがる思いで哀願すると、杯を持っていた半獣が、腰に巻いた下衣の下から先走りを滴らせて濡れ光っている怒張を取り出し、ソラの鼻先に押しつけた。

「もっと欲しけりゃ、こいつを舐めな」

にやにや笑いながら性器への奉仕を強いられて、目の前が一瞬恥辱で朱く染まる。けれど喉の渇きは耐え難く、すぐ目の前にある水の存在には抗えなかった。

目を閉じて、ソラが唇をわずかに開くと、熱くて生臭い剛直が一気に喉奥までねじ込まれる。

「むぅ…うぐ……、ぅう…っ」

乾いて粘つく口内に、雄の獣臭さがいっぱいに広がる。

「噛んだりしたら、舌を切り落とすぞ」

「ひぃ…ぐ、ふ…う、うぅ……」

ソラは口を大きく開いて男を受け入れた。

口舌奉仕は初めてではなく、珀焔や黛嵐相手に何度も経験ずみだ。神来山に来たばかりの頃は、珀焔に下手だなんだと散々文句を言われたけれど、回数をこなすうちに文句の数は減っていった。

——…珀焔。

思い出したとたん涙があふれた。喉が渇いて干上がりそうなのに、どこにこんなに水分が残っていたかと思うほど、涙がほろほろとこぼれ落ちる。

口の中に感じる雄の性器は、珀焔や黛嵐のものよりずっと臭いがきつい。根元も凶悪な疣と毛深い体毛に包まれていて、同じ生殖器でもどこか高貴さの感じられた珀焔や黛嵐のそれとはまるで違って感じられた。

「ぼんやりするな。舌をもっと使え」

汗でしめった髪を無造作につかまれ、軽く揺すられて、ソラは水を得るために仕方なく、神獣仕込みの舌技で胡狼の欲望に奉仕した。

剛直をいったん喉奥まで飲み込んでから、頬を窄めて抜き出してゆく。先端近くまできたら、くびれを舌先でちろちろと刺激して、歯を当てないよう注意しながら唇全体を使って亀頭部分を吸引する。口から全部出しても唇は離さず、幹の裏筋や一番太い部分を吸ったり舐めたり、白ら頬に鈴口をこすりつけ、先走りの粘液を塗り広げてから、再び喉奥まで一気に飲み込んでゆく。

それを数回くり返したところで、口を犯していた半獣が耐えきれないようなうめき声を発し、ソラの後頭部を両手で押さえて、ガツガツと腰を打ちつけはじめた。

背後からの責めと、喉をふさぐほどの激しい口姦に追い立てられて気が遠くなる。鳩尾《みぞおち》のあたりがヒクヒクと嫌な具合に痙攣しはじめ、このままでは死んでしまうと、半分意識を飛ばしながらソラが思った瞬間、

「出すぞ、ちゃんと全部飲めよ」

尊大な命令とともに腰の動きが止まり、喉奥に大量の白濁をぶちまけられた。続いて腹腔内に三頭目の精液が迸る。

窒息寸前の苦しさの中で、汚辱と隣り合わせの悦楽が広がる。腰から手足の指先に向かって小波立つような震えが走り、目の前が一瞬朱く染まった。

嫌なのに気持ちいい。身体の内側から隅々まで、魂すら穢されることに悦びを感じてしまう。

「ぅげほっ…げほ…ッ、かは…ッあぅ…はぁ…っ…」

ようやく吸い込むことができた空気に胸を喘がせながら、ソラは何度も嘔吐いて、口の中の白濁を吐き出した。咳き込むたびに後孔を意図せず締めつけて、精汁を放出したばかりの萎えた男根を悦ばせてしまった。

「なんてやつだ、俺さまの尊い子種を吐き出すとは。ちゃんと飲めって言っただろ」

口を犯していた男が、うなじをつかんで無造作に揺さぶる。ソラは許しを乞《こ》おうとしたけれど、喉がひりついて声が出なかった。

――もう嫌だ。もう許して。水が欲しい、休ませて。

言いたいことはたくさんあった。けれど唇から洩れたのは、みじめで情けない嗚咽《おえつ》だけ。

「――…ひ…う、ぁ…」

焦れた半獣が再びソラを揺さぶろうとしたところで、別の半獣が仲裁に入った。

「せっかくの贄を壊したら元も子もないと、お頭に注意されただろうが。貴様の順番は終わりだ。場所を譲れ」

「なんだと！　俺はまだこいつの蜜液を飲んでねぇっ」

「だったら、水を飲ませてやれ」

同じ胡狼でも個性の違いはあるらしい。

ソラの口を犯した半獣とは別の胡狼が、唇に頭蓋骨の杯を押し当てて、心ゆくまで水を飲ませてくれた。それは別にやさしさではなく、餌の鮮度を保つための心配りにすぎない。

黛嵐がソラの身を案じた理由も、たぶん根は同じ。

珀焔に至っては、言葉に出して心配してくれたことさえなかった。

——そんなことは最初から分かっていた…。おれは彼らに捧げられた〝贄〟にすぎない。

最初から分かっていたことなのに、どうして今さらこんなにも辛く感じるんだろう……。

「呆けてないで、ちゃんと相手をしてくれ」

水を飲んで少しだけ意識がはっきりすると、次の相手がのしかかってきた。

「…——っ」

ソラは頭を振る力もないまま、毛深い半獣の胸に抱き寄せられ、擦られすぎて腫れてしまった後孔にたぎる欲望を受け入れた。胡狼の群れは全部で何十頭もいる。全員と一度ずつ番《つが》っても、それで許されるわけではない。彼らは何度でも、ソラの命が尽きるまで貪り尽くすだろう。

珀焔と黛嵐が助けに来てくれるのが先か、それとも胡狼たちに犯されて命を落とすのが先か。そもそも珀焔たちに助け出されたところで、穢されてしまった自分を彼らは必要としてくれるのだろうか……――。

答えの出ない問いから目を逸らして、ソラは爛れた淫獄の底にすべり堕ちていった。

☙ 邪淫の宴 ☙

疲労のあまりソラが気を失っても、凌辱は際限なく続いた。寝ても覚めても、前とは違う獣の性器が体内で蠢いている。ときには唇や喉の奥でも。後孔に胡狼の男根が入っていないときはなく、直腸内に放たれた彼らの子種が逆流して、白濁が口から出そうなほどだった。

その口も、しょっちゅう誰かの性器に奉仕するよう強要されていた。珀焔と黛嵐によって充分仕込まれた舌技に胡狼たちは酔いしれ夢中になった。胡狼の姿のまま奉仕されることを望む者もいたし、人型より胡狼の姿で交尾を強いる者も大勢いた。

普通の人間なら半日と保たない輪姦地獄に堕とされながら、ソラが息絶えずにすんでいるのは、神獣である珀焔と黛嵐の精を身に受け、彼らと絆を結んで神仙になっていたからだ。けれど聖なる神獣の贄としての加護は、胡狼たちの精汁を際限なく浴びるうちに摩耗してしまった。代わりに胡狼たちの体液に含まれた穢れと邪淫の毒が、禍津神の生命力としてソラの身体を養い、命を永らえさせている。

日に何十回もくり返される激しい交接で、後孔や口腔内が擦れたり腫れてしまっても、切れたり血がにじむ前に肉が盛り上がり、真新しい粘膜が再生してゆく。神獣の贄であるソラが放つ精液は、胡狼たちにとっても至高の甘露だ。彼らは頭領に命じられた通り、大切な贄を壊して餌を失ってしまわないよう、彼らなりに気遣いながらソラを犯すことを楽しんでいた。

——いっそ壊してほしい…。

何度そう願っただろう。

昼か夜かも分からない。陽の届かない穴蔵の奥で、果てしなく続く狂宴。淫欲にまみれて我を失ったソラは、時折かすかに正気を取り戻すたび、救いを求めた。

誰かにではなく、『命を絶ってほしい』と。

救いを求める相手の名は見失った。もう思い出せない。

この穴蔵に連れ込まれて何日過ぎたのか、それとも何ヵ月も経ってしまったのか、判断する術も思考もソラは失っていた。群れの全員が一度はソラを抱き、その精を口にしたことで、彼らは自在に獣から人の姿に変化する力を得た。

当初は贄の餌を摂取して神力が増したら、すぐにでも神来山に攻め入ろうと息巻いていた胡狼たちだが、ソラが放つ蜜液のあまりの甘露さと、その身体が発する芳しい香り、そして獣欲を受け止めてしなやかにくねる姿態の艶やかさに溺れて、日がな一日、穴蔵の広間で性の饗宴に明け暮れる始末だった。胡狼たちは獣の姿で、または半獣半人状態で、もしくは毛深い人間の姿で、好きなようにソラを犯し続けた。

上半身は胡狼で下半身は人の姿という半獣の胡狼が、広間の中央で胡座をかいて座っている。そこに腰を下ろし、背面座位の形で犯されながら、もう一頭の半獣が差し出す食物を、ソラは嫌々飲み下していた。

それは獣の口で半分咀嚼《そしゃく》された肉や植物の茎や根で、吐き出すことは許されない。はじめて咀嚼されたものを口移しで与えられたとき、ソラは気色悪さとおぞましさから吐き出して怒りを買い、彼等の精液をまぶした果物や小さな肉片を無理やり噛んで飲み下すよう強要された。それを拒否すると水を飲ませてもらえず、さらに手足を切り落とすぞと脅されて、ソラは負けた。

咀嚼ずみの食べ物の他にも、茶緑色のどろりとした飲み物を、交接の合間に何度となく飲まされた。それは見た目も味もひどかったが、飲み下してしばらくすると酒を飲んだような酩酊感に包まれて、ふわりと身体が軽くなった。肌を撫でられただけで性器が熱くたぎって勃ち上がるほど感度が増すのだ。

飲み物の効能が続いている間は、胡狼たちの生殖器を口に含んで奉仕することも、あられもない淫語を発しながら自ら脚を開いて半獣を迎え入れることも、厭うことなく楽しめた。

正常な判断力は刻々と失われ、性感だけが敏感になり昂ぶってゆく。後孔を獣の逸物でこすられながら延々と前を嬲られ、いよいよ吐精間近になると、そのとき目に映った相手がなによりも尊く思えて、ソラは胡狼たちの言うことを何でも聞くようになってきた。そうすることが自分にとって、最良で最上の選択に思えたからだ。

けれど薬効で無理やり高められた多幸感が薄れると、気分は最悪に変わった。そんなときだけ正気に戻り、己が置かれた悲惨な状態が理解できてしまう。以前はもっと幸せだったこと。今の状態は決して自ら望んだわけではなく、強要されていること。そして心から望んでいる救いは、たぶん来ないだろうということが、遠雷のように閃《ひらめ》いては消える。

だからソラは、茶緑色の飲み物を与えられると悦んで飲み干すようになっていた。

さらに何日か、——何十日かが過ぎた。

ソラは何十頭もの胡狼たちに、何度も数え切れないほど凌辱され続けていた。あまりに嬲られ続けたせいで、彼等が近づいてくると、自然に脚を開いて迎え入れるほどになっていた。

珀焔と黛嵐に慈《いつく》しまれた記憶はすでにかすんで遠ざかり、時折かすかに瞬く幻としか思えない。

自分は昔からこうして胡狼たちの慰みものとして存在していて、美しく気高い二頭の神獣——珀焔と黛嵐に愛され、神獣の庭で幸せに過ごした記憶は、辛い境遇が作り出した妄想にすぎないと思うまでになっていた。

その日もソラは、二頭の胡狼の逸物を一度に突っ込まれて呻吟《しんぎん》していた。太さはそれほどでもないが、その分長さがあって硬く張りつめた二本の肉棒が、互い違いに出入りをくり返している。

入り口の敏感な襞を何度もこすられて、そのたび身体がビクビクと跳ねてしまう。身体の内側で自分以外の熱を持った二本の剛直が、好き勝手に暴れている。

「ほら、少しは喰い締めてみろ」

時々軽く頬を叩かれ、後孔を締めたりゆるめたりするよう命じられる。ソラは言われた通り、腰に力を込めて、健気にきゅう…と窄めたりゆるめたりした。

獣たちの要求に応え、意に添えば、少しはやさしくしてもらえたからだ。それを浅ましいと感じる心は、とうに枯れ果てていた。

時間の感覚がなくなってどれくらい経っただろう。

若さを取り戻した頭領の男根を口に含んで奉仕していたソラは、突然湧き上がった悲鳴と怒号、そして突然、空になった口元と、久しぶりに感じる何にも犯されていない後孔の空虚感を呆然と味わった。

どこからか風が入り込み、長い間澱んでいた広間の空気が荒々しく攪拌されてゆく。

「ギャウゥウ…――ッ！」

「ぐぎゃッ⁉　げぇ…っ」

濁音や、ときには甲高い悲鳴のような吠え声と血の匂いが吹き抜ける風に乗って近づいてくる。

何かが…――。

ぼやけた瞳に、それは白い光と黒い稲妻のように映った。神々しくて荒々しい。初夏に吹き抜ける薫風のような芳しさと、天空を引き裂いて走る神鳴りのような雄々しさを併せ持っている、至高の存在。

何が起きたのか把握できないまま、朦朧とした頭と萎えた手足では逃げ出すことすら思いつかず、嫌な臭いのする毛皮の上にぐったり横たわっていると、突然強い力で抱き起こされた。

「——…ラ！　ソラ…ッ！」

揺さぶられて呼ばれた名前が自分のものだと思い出すのに、時間がかかった。

「……だ…れ…？」

何度も喘いで、ようやく出たのは、木の枝がこすれ合うようなかすれ声だった。

「ソラ…ッ‼」

息が苦しくなるくらい強く抱きしめられて、なぜだか分からないのに涙があふれた。何度も目を瞬《しばたた》いて、自分を抱きしめる存在を確かめようとする。けれどどうしても分からない。それが人なのか獣なのかすら分からなかった。ただ目の前に広がるまばゆい白さと、その中で揺れている小さな、けれど鋼のように強くて鋭い金色のふたつの光を、ソラは一心に見つめ続けた。

とても懐かしい香りが鼻腔をくすぐる。でも気のせいかもしれない。夢の中で何度も嗅いだ匂いと同じ。だから、これもまた幻かもしれない…。

期待して、夢だったと気づいたときの切なさを味わうのはもう嫌だ。だからソラは自分に言い聞かせた。

――これは夢。おれがずっと見続けた夢。

神々しい白虎と艶やかに輝く黒豹が、不浄に満ちた胡狼たちを次々と蹴散らしてゆく。咆吼を上げて獲物に襲いかかる白虎の勇猛さは、目を瞠るほど素晴らしかった。

それらすべてが、辛い現実から逃げ出すために作り出した己の妄想にすぎないと、ソラは信じて疑わなかった。

奪還

珀焔の怪我を治してふたりが大樹の庭に戻ったとき、下界ではひと月あまりもの刻が過ぎていた。

神界と人界では刻の流れがまるで違う。油断していたつもりはなかったが、小賢しい胡狼どもを一掃するための神力をしっかり養っている間に、思ったよりも時間が流れていたらしい。

宝剣の道を通って大樹の庭に降り立ったとたん、珀焔と黛嵐は異変を察した。

鋭くあたりを一瞥《いちべつ》してソラを捜しはじめた珀焔の瞳に映ったのは、主を失って枯葉が舞い落ちたままの褥。頭上を仰ぎ見て、自分たちが出てきた宝剣が外から見つからないよう、大樹の枝にくくりつけてあることに気づいた瞬間、滅多なことでは声を荒らげたことのない珀焔が吼《ほ》えた。

「ソラ…ッ!!」

となりで、黛嵐もまた怖ろしい予感と戦いながら、自分たちが留守の間に起きた出来事を把握しようと努めている。

「結界が破られてる」

「胡狼どもの仕業だ…ッ！　奴らが侵入したから、ソラは剣を守るために囮になったんだ」

ソラが拉致《らち》された経緯を残された痕跡から正確に察した珀焔は、同じく状況を把握した黛嵐とともにすぐさま獣の姿に戻り、卑劣な誘拐犯たちの棲処に向かって駆け出した。

胡狼たちが残した禍々しい臭気と、その中に混じるかすかなソラの香気をたよりに神来山の山腹を駆け下り、そこから三つの尾根と谷を越えて禍津神の眷属の巣穴を突き止める間、珀焔の胸に渦巻いていたのは、怒りにも似たソラへの想いだった。

――馬鹿者め…！　馬鹿者めが…ッ！

他にどうしようもなかったとはいえ、宝剣を守るために自らを犠牲にした少年の必死な心を思うと、どうしようもなく腸が煮えくり返る。

卑劣な胡狼たちに対しても、こんな事態を招いた己自身の不甲斐なさに対しても。

数にまかせて不意打ちされたとはいえ、胡狼ごときに襲われて大怪我を負ったことにも腹が立つし、それが原因でソラを奪われたことにも腹が立つ。そして何よりも、たかが贄にすぎない、ソラというみすぼらしくてちっぽけな少年を失うかもしれないと考えただけで、これほど無様に動揺してしまう自分自身にも猛烈に腹が立った。

――あの者は黛嵐を選んだ。それなのにどうしてこれほど未練が残るのか。

たぶん、何もかもあきらめきったあの瞳がいけない。期待してはいけないと自らに言い聞かせ、それでもなお、かすかな希望にすがりついてしまう己を恥じるような、あの瞳の色が。

それは血を流し続ける傷口のようでもあり、人知れぬ山奥で岩間から渾々《こんこん》と涌き出る清水のようでもある。求めても得られない痛みを知るがゆえに、与えることをためらわない魂の色。

その色に惹かれた。本当は、最初にひと目見たときから。

けれどずっとその事実から目を背けてきた。――ソラが私ではなく、黛嵐を選んだからだ。

だから冷たくあしらった。贄としての義務だけを求めて、やさしくなどしてやらなかった。

そのことを今は後悔している。

失うかもしれないという状況になって、後悔している――。

『珀焔、あそこだ！』

黛嵐の声に、珀焔は意識を前方に戻して集中させた。

ごつごつとした岩に覆われた谷間の一画に、どす黒い瘴気をただよわせた洞穴がぽかりと口を開けている。見張りは四匹。しかし、久しく襲撃を受けていないせいなのか周囲の警戒を怠《おこ》たり、気もそぞろな様子で洞穴の中ばかり気にしている。

『二匹ずつだ』

走りながら黛嵐に目配せして互いの標的を確認し合うと、珀焔は四肢に力を込めて一気に飛びかかった。悲鳴を上げる間も与えず一匹目の喉笛を嚙み潰し、間髪容れずに二匹目の頭部を前肢でなぎ倒す。となりで黛嵐が同じように残りの二匹を屠《ほふ》り終わる前に、珀焔は洞穴に飛び込んだ。

薄暗い穴蔵の中は、饐《す》えた臭いとむせ返るような獣欲が充満している。喩《たと》えようもなく嫌な予感に苛まれながら臓物のような洞の中を駆け抜け、行く手を阻む胡狼たちを次々に倒してゆく。神界で霊気を充分に宿して戻った甲斐あって、以前なら多少手こずる状況でもものともしない。

「ギャッ」

「グゲェッ」

無様な悲鳴を上げて悶絶する胡狼どもを足蹴にして、粘りつくような邪気に満ちた広間に飛び込んだとたん、ようやく敵の侵入に気づいたのか、中央で蠢いていた半獣たちの一部がわらわらと崩れて応戦してくる。腐って崩れ落ちる肉塊のような醜悪な群れの中に、一瞬ちらりと細くたよりない白い手足が垣間見えた気がした。――ソラだ。

性器を剝き出しにした毛深い半獣たちに囲まれ、好き勝手に嬲られていたソラは、まるで毛皮を剝がれた白兎のように哀れで、寄る辺ない子どものように心細そうだ。

『それを苛《いじ》めていいのは私だけだ…ッ！』

気づいたときには喉奥から本能的な咆吼が迸っていた。

「グァガアアアアア――――ッ」

珀焔は咆吼を上げながら、無礼極まりない胡狼どもに飛びかかった。頭蓋を咬み砕き、背骨をへし折り、腸《はらわた》を引き裂いてゆく。情けなどひと欠片もかけるつもりはない。神獣たちの攻撃の容赦なさに尻尾を巻いて逃げようとする雑魚どもも、一匹残らず屠ってゆく。

許さない。ソラに触れた奴らは一匹たりとも許しはしない。

背筋が逆立って神気が噴きこぼれる。煮えたぎる岩漿《がんしょう》のような霊気になぎ倒された胡狼たちは、それだけで半死半生状態になり、ろくに抵抗できぬまま次々と珀焔そして黛嵐の牙と爪に止《とど》めを刺されていった。

群れていた雑魚たちを一掃すると、珀焔たちとソラの間に残された障害物は、他よりふたまわり巨大な首領格二匹だけとなった。

「那智、や、殺《や》れ…ッ！」

どうやら首領らしき半獣が、ぐったりと力なく手足を投げ出したソラを抱えて洞穴の奥へ逃げようとしながら、手下をけしかけている。

『黛嵐、そっちの金茶色は任せた。私は向こうの赤毛を殺る』

『分かった』

黛嵐の了解と同時に、珀焔は澱んだ血のような赤毛に覆われた首領に突進した。つい先刻までソラの中に入っていたらしい逸物が、身体の中心でぬらぬらと赤黒く濡れている。珀焔は己の脳髄が焼き切れるような怒りを冷徹な殺傷力に変換して、赤毛の半獣の喉笛に喰らいついた。卑怯な禍津神の眷属はソラを盾にして珀焔の攻撃を避けようとしたが、神獣である珀焔のほうが速い。

「ギャウゥウ……――ッ！」

　珀焔はソラを傷つけないよう首領の体軀だけを地に引きずり倒し、喉笛に食い込ませた牙に力を込めた。断末魔を上げて暴れる赤毛に覆われた四肢は、剃刀《かみそり》のように鋭い爪で刺し貫き、地面に縫い止める。

「ぐぎゃッ⁉　げぇ…っ」

　となりで黛嵐も、那智と呼ばれた金茶色の胡狼に躍りかかり、揉み合いながら確実に相手の戦力を削いでゆく。黛嵐と、そして何よりも意識をなくして倒れ伏しているソラから一瞬も注意を逸らさないまま、反撃しようと身をくねらせる首領を押さえ続けた。

　首領は腐った血色の体毛に覆われた胸郭を波打たせ、何度か口吻を開閉させてから、ゴボゴボとくぐもった鈍い水音とともに、途切れ途切れの声を発した。

「ハ…珀…エ、焔……止め…ろ…」

『…ッ！』

　瀕死の首領に名を呼ばれそうになった珀焔は一瞬目を瞠った。名を知られると相手の影響を受けやすくなる。相手が悪意を持って利用しようとする場合は特に、油断すれば支配されかねない。

　その名をどこで聞いたと問いつめかけてすぐにソラからだと悟り、制止によって弱まりかけた牙に渾身の力を込める。

　ソラが自分の名を呼んで助けを求めた。そのとき少年が感じた絶望と悲哀を思うと胸が張り裂けそうになる。無念のあまり食いしばった顎《あぎと》の間で、そのとき『ゴギッ』とくぐもった音がして、足掻《あが》いていた首領の巨軀からようやく力と命が抜けていった。

少し遅れて黛嵐も金茶色に止めを刺したようだが、それを確認する前に、珀焔は獣型を解いて人型に戻りながらソラに駆け寄った。

「ソラ！　ソラ…ッ！」

今にも散り落ちそうな花を抱くように、そっと、けれど万感の想いで堅固に囲った腕の中に細い身体を抱き上げて名を呼ぶ。何度呼んでも青白い頰に生気は戻らず、固く閉じたまぶたはぴくりとも動かない。珀焔は胡狼たちの淫液がこびりついているソラの唇に頰を近づけ、そこからかすかに吐息が洩れ出ていることを確認すると、死んだ魚の腹のように不健康な白さと、奇妙なぬめりを帯びた身体を揺すって名を呼び続けた。

「ソラ…ッ、目を覚ますんだ！」

黛嵐が腰に巻いていた天衣を解いてソラの身体を包み、「とにかく神来山に戻ろう」と珀焔の肩に手を置いたとき、ようやく固く閉ざされていたソラのまぶたが震えて、涙に濡れた黒い瞳が現れた。

「……だ…れ…？」

何度も唇を戦慄かせてから、ようやく発したソラのかすれ声に奇妙な不安がよぎる。けれどその原因を追及するのはあとだ。

「ソラ……ッ‼」

琥焔は締めつけられた胸の底から絞り出すように愛しい存在の名を呼んで、震える細い身体を強く抱きしめた。もう二度と誰にも奪われたりするものかと、決意を込めて。

それから琥焔はソラを壊れ物のようにそっと腕に抱えて神来山に戻った。黛嵐は、片時もソラを離そうとしない琥焔の代わりに周囲を警戒し、守ることでソラへの愛情を示した。

新たに結界を張り直した大樹の庭に入るには、ソラにこびりついた穢れを祓《はら》い清めなければならない。琥焔と黛嵐は、神界から直接輝気《きき》を引き込んだ五色の泉にソラを連れて行き、光り輝く清水で身体の隅々まで洗い清めた。

眠ったままで何度も清水を飲ませて吐き出させ、後孔にも指を挿し込んで、胃の腑と腹腔内に溜まった胡狼たちの汚液を、跡形がなくなるまで丁寧に掻き出した。

水よりも軽く温かい泉水で爪先まで清め終わっても、ソラは目を覚まさなかった。

新しく作り直した褥に横たえて夜になっても、朝になっても、ソラは昏々《こんこん》と眠り続けた。


「助け出してもう三日も経つのに、未だに目覚める気配がない。――どうする？」

黛嵐に問われた琥焔は、険しい表情で答えた。

「五色の泉水だけでは清めの力が足りないんだろう。あとは直接、我らの精を与えるしかない」

「眠っているのに？」

「ふ…、何を今さら」

珀焔は自嘲を込めて嘯《うそぶ》いた。自分が怪我を負う前は、ソラが眠っていようが何だろうがかまわず抱いた。もちろん、言葉ほどには嫌がっていないことを承知の上で。

「そりゃ、今さらだけど…。だけど、あの巣穴でソラがどんな目に遭っていたか視《み》ただろ？　あんなにひどい思いをしたこの子を、同意のないまま抱くのは気が引ける」

「相変わらずそなたはやさしいな」

「俺は普通だ。あんたが意地悪なだけだろ」

そんなんだからソラに嫌われる…という言葉は、ただの負け惜しみになるので、黛嵐は言わずに呑み込んだ。

夜になると黛嵐が哨戒に出かけたので、留守居を任された珀焔は、眠り続けるソラを抱き寄せて褥に身を横たえた。しばらくはふたりきりだ。万が一にも黛嵐が戻ってきていないことを確認してから、珀焔はそっと唇を開いた。

「ソラ…、ソラ、いつまで寝てるつもりだ。いい加減、目を覚ませ」

叱るような口調だが、本気で怒っているわけではない。くり返し名を呼びながら、指先でソラの黒髪を何度も梳《す》いてやる。

「おまえの声が聞きたい。黒く濡れた瞳が見たい。だから早く目を覚ませ」

相手が眠っていると分かっているからこそ、口にできる睦言がこぼれ落ちる。

「おまえは私のことを嫌って逃げまわっていたようだが、私はおまえが思うほど、ひどい男ではないぞ？」

内緒話のように声を低めて耳元でささやくと、固く閉じられていたソラのまぶたがかすかに震えた。けれど目覚める気配はない。

「おまえのほうこそひどいじゃないか。最初にこの庭で目を覚ましたときのことを覚えているか？　私と黛嵐が、腹を空かせたおまえのために果物を運んできてやったときのことだ。おまえは最初に私が差し出した桃を手に取った。それは私を選んだという意味だ。それなのに、黛嵐のうなり声に驚いて放り出すとは何事だ。挙げ句の果てに私の桃ではなく、奴の葡萄を受け取って口にした。最初に選んだのは私の桃だったのに」

差し出した食べ物を受け取り、口にするという行為には深い意味がある。ソラはそれを知ってか知らずか、最初に手にした珀焔の桃を見捨てて、黛嵐の葡萄を選んだ。

それは即《すなわ》ち、自分ではなく黛嵐を選んだということになる。珀焔はそれが許せなかった。

だからソラに辛く当たった。黛嵐と睦まじい姿を見せつけられるたびに、どうしようもなく腹が立って苛めずにいられなかったのだ。

神獣の贄は、黛嵐とふたりで共有するもの。けれど贄が一生を過ごす間、伴侶としてより深い絆を結ぶ相手は、どちらか片方が選ばれる。

八百年前の贄は黛嵐を選んだ。そのひとつ前の贄も、同じく黛嵐を選んだ。

珀焔はもともと情が薄いところがある。たぶんそのせいだろう。贄に選ばれた人間は、自分に対して細やかな愛情を示す黛嵐に惹かれる傾向が強い。別にそれが不満なわけではない。贄の伴侶として絆を結べば、なにかと制約が生まれ束縛されてしまう。それを面倒臭いと感じることはあっても、羨《うらや》ましいと思ったことなどなかった。――これまでは。

けれど今回だけは違う。ソラが黛嵐に惹かれてゆく姿を、平常心で見守ることなどできない。だからといって、黛嵐のように甘ったるい顔と言葉で相手の気を惹くような真似は、死んでもできない。したくない…と思っていた。それなのに。

「今の私はどうだ。眠っているとはいえ、おまえ相手に、こんなにも情けない胸の内を明かしてる…」

たぶん、胡狼の穢毒にやられて死にかけていたとき、聞こえてきたおまえの声と、目を覚ますたびに見えた泣き顔のせいだ。

「ソラ、目を覚まして、もう一度私の名を呼んでくれ」

頼むから…とささやいて、珀焔はソラの唇に己のそれを重ねた。ひんやりとした薄い唇を温めるように、舌でそろりとなぞってみる。ゆるんだ唇の隙間から舌を挿し込んで口蓋を舐めると、未だソラの体内に巣喰っている胡狼たちの邪淫の精が、ぴりりと舌先を刺激する。

唾液をすすると、甘くて苦い毒の味がした。

「…………」

神界の気を直接引き込んだ五色の泉水の力でも、祓いきれない穢れの深さ。

珀焔はそれを厭うのではなく、傷ましいと感じた。

こんなにも穢された贄がソラでなかったら、珀焔も黛嵐も人界に留まるのをあきらめて贄を手放し、宝剣に戻って次に封印を解かれるのを待つことにしただろう。

穢された贄と交われば、神獣といえども影響を受ける。だからといって剣の道を通って神界へ行く方法は、よほどのことがない限り使えない。安易に使えば、こちら側に戻って来れなくなるからだ。頻度はせいぜい百年に一度。珀焔の怪我を癒すためにすでに使っているため、胡狼に穢されたソラと番うことで受ける痛手を回復するため、神界へ行くことはできない。

それを承知の上で、珀焔はソラを抱くつもりだった。

黛嵐はソラが目覚めて同意を得てからと言っていたが、自分はこれ以上待つつもりなどない。

「ソラ…、目を覚まさなくても、同意がなくても、私はおまえを抱くぞ」

宣言しながら身を起こし、覆い被さるようにソラを抱きしめて、珀焔は本格的な愛撫をはじめた。唇を吸って舌を絡め、唾液を流し込みながら薄い寝衣を剝いでゆく。露わになった薄い胸のふたつの乳首を親指と人差し指で摘んでこねまわした。唇接けを解いて、顎、首筋、鎖骨、肩口、そして指で摘んでいる小さな乳首まで、何箇所も強く吸って鬱血を残してやる。

「——…ふ…ぁ……」

陶磁製の人形のように硬く強張っていたソラの身体が、わずかにゆるんで唇から小さな吐息が洩れた。以前は若草のように清々しく甘いだけだった吐息が、今は淫靡で禍々しい毒花の香りを含んでいる。

「清めてやるさ、何度でも…」

胡狼どもに刻まれた傷をすべて癒し、注ぎ込まれた淫らな残滓の、最後の一滴が払拭されるまで、何度でも。

珀焔は決意を込めた眼差しで、裸に剥いたソラの痩せた身体を隅々まで検分し、手のひらで視線のあとを追いかけた。ソラが特に感じる場所――脇腹や肩胛骨の少し下、耳のつけ根や眦《まなじり》、二の腕の内側などを丹念に刺激してゆく。やがて、

「…ふ…ぅ…、……や…ぃ…や…――」

大樹の庭に連れ戻してから初めて、ソラが意味ある言葉を発した。たとえ譫言《うわごと》でも、そして拒絶の言葉でも、人形のような無反応よりはましだった。

舌で臍《へそ》を抉るように舐めていた珀焔は、身を起こしてソラの顔を覗き込んだ。

「何が嫌なんだ？　おまえを抱いているのは胡狼じゃない、珀焔だ」

言い聞かせて唇接けようとすると、ソラは小さく首を振り、固く閉ざしたまぶたの隙間から涙をこぼした。

「ぃ…や…、も…ぃ…や……」

泣きながら苦しそうに眉根を寄せ、手足を震わせる。青白い肌から冷たい汗がにじみ出て、不健康な肌色に悲愴さが増す。それでも珀焔は愛撫を止めなかった。冷や汗を拭ってやりながら左腿を抱え上げ、開いた脚の間に己の腰を押しつける。ひと月以上も望まぬ禁欲を強いられた下腹部は、すでに限界まで勃ち上がっている。

珀焔は褥の脇に常備された香油を取り出すと、たっぷりと指に掬い取ってソラの後孔に塗りつけた。そのまま指先をつぷりと挿し込み、ゆっくり奥まで分け入る。ソラは固くまぶたを閉じたまま、時折ひくりひくりと無意識の蠕動をくり返した。けれど目覚める気配ない。

「…い…や…——」

二本の指で入り口を広げ、奥まで充分解《ほぐ》してから雄身を押しつけたとたん、ソラは再び譫言で行為を拒み、閉じたまぶたから大粒の涙をこぼした。

一瞬、珀焔の胸にためらいが過《よ》ぎる。

「私は胡狼どもとは違う。おまえが、ソラが愛しいから抱くんだ」

眠りの彼方に逃げ込んでいる魂に言い聞かせるように、ささやき声で宣言すると、珀焔は熱い猛りでソラの後孔をゆっくりと突き上げた。

「——……っ」

ソラは無言で仰け反り、泥炭の中で溺れかけた人のように、ほとんど動かない手足を震わせた。強張った背中を何度も撫で下ろしながら、珀焔は根元までみっちりと自身を埋めた。触れ合った粘膜から邪毒の精がまとわりついて、痛みにも似た不快感が押し寄せる。けれどそれを上まわる悦びと安堵、そして愛おしさが胸に湧き上がり、穢れに触れた厭わしさを蹴散らしてゆく。

「ソラ、ソラ…」

珀焔は何度も名を呼びながら、ソラの背中を抱き寄せ、胸に押しつけた。このまま自分の胸に重なって、混じり合ってしまえばいいのにと思いながら。

ひと月も胡狼たちに凌辱されたせいで、すっかり痩せて浮き出た少年の背骨を、手のひらで確かめながら撫で下ろし、尻朶から腿へと移動して膝裏を抱え上げ、そのままゆっくりと抽挿をはじめる。意識のないソラの身体は水を吸った砂袋のようだ。珀焔の動きに合わせて腰をくねらせることも、甘えた声で許しを乞うことも、ましてや吐精をねだることなどない。

時々「嫌…」とつぶやいて涙をこぼす以外、ソラは珀焔の行為になんの反応も返さず、ただゆさゆさと揺さぶられ続けるだけだった。

†

猫の子どもになり、親猫の腕に抱かれて眠る夢を見た。大きくて温かい。黒い縞が入った雪白の大きな猫だ。

ふさふさの毛並みに顔を埋めると、辛いことや苦しかったことを、すべて忘れられる気がした。

『猫じゃない、虎だ』
――…虎？
『そう。神獣の白虎だ。名前は珀焔』
――…ふうん。
『忘れてしまったのか？』
――分からない……。
『…黛嵐のことは？』
――…黛嵐て、誰？
『ソラ…』
――それがおれの名前なの？　夢の中でずっと誰かに呼ばれてた。
『そうだ、私が呼んだ。私…と――黛嵐が』
――そう…。
『もう何も心配いらない。だから戻って来るんだ。ソラ』

目覚めたとき、ソラは自分がどこにいるのか、自分が誰なのか、まるで分からなかった。
あたりは翠色のまばゆい光に満たされ、耳に心地いい小鳥のさえずりや、小川のせせらぎが聞こえる。ソラが寝ていたのは、真綿をやわらかな布で包んだふかふかの褥の上。身に着けているのは、さらりとした肌触りの寝衣だ。

何度も瞬きをして、ようやく周囲の様子がくっきりと見えるようになった。

褥は樹齢数千年を超えそうな大樹の根元に置かれていた。天井の代わりに大樹の枝葉が陽光をやさしくさえぎっている。さわやかな風が吹くたび、金色の時雨《しぐれ》のように木漏れ日が降りそそぐ。

ソラは目を閉じて、まぶた越しに煌めく光の乱舞を楽しんだ。

褥のまわりは短い草花で覆われ、色とりどりの蝶や羽虫が軽やかに舞い戯れている。

花の香りに混じってどこからか甘く熟れた芳香がただよってきた。ソラはぐぅ…と小さく鳴いた腹を押さえて、あたりを見まわした。その視線の先、大樹に覆われた小さな空間を守るようにぐるりと繁っていた灌木が、ガサリと音を立てて揺れたとたん、ソラはビクリと身をすくめて身を強張らせた。なぜだか分からないけれど怖くて仕方ない。心の臓が早鐘のように激しく脈打ち、嫌な汗が噴き出した。

茂みを割って何かが現れたとたん、この美しい夢から覚めて、薄暗い穴蔵の、澱んだ空気の中に引き戻される気がした。恐怖と嫌悪で、吐き気が込み上げる。

「い…や…、助け……」

——誰に？

救いを求めるひとの名前が思い出せない。ソラは泣きたい気持ちであたりをもう一度見まわした。誰もいない。再びガサリと茂みが揺れる。今度は別の場所だ。

「ひっ……ッ」

悪夢が押し寄せる。捕まってしまう。

誰か助けて。お願いだから……――。

恐怖のあまり手足が痺れて逃げ出すこともできない。もう駄目だと目を閉じて、ソラが両手に顔を埋めた瞬間、茂みをかき分けて二頭の大きな獣が現れた。

「グァルル……」

「ガゥ……アゥ……」

腹の底に響くような低いうなり声が、小さく身を丸めてうずくまったソラに近づいてくる。そのまま匂いを嗅ぐように、膝に埋めた頬や額に「フッ……フッ……」と息を吹きかけられて、ソラは死を覚悟した。

『どうしてこんなに怯えているんだ?』

『記憶が混乱してるんだ。私たちと胡狼どものことがごちゃまぜになってる』

『人型に戻ったほうがいいのか?』

『どうだろうな。眠っているときは、獣型のほうが安心できるようだったが……』

声ではなく、頭の中に直接会話が響いて聞こえてきて、ソラはびっくりして顔を上げた。

「あ……」

『心話は聞こえているようだな』

『ソラ。恐がる必要はない。私は珀焰、となりの黒いのが黛嵐だ』

「は…珀…焰、と、黛…嵐……？」

頭に響いた通りの名を呼ぶと、二頭の神獣は神妙な顔つきで腰を下ろし、口に咥えていた様々な果実を、ソラの膝に山盛りに置いた。

自分の身に何が起きたのか、あまり理解できないまま、ソラは甘い香りを放っている色とりどりの果実と、二頭の神獣を交互に見くらべた。

黒い縞の入った雪白の白虎と、漆黒の豹。

白虎の瞳は朝陽のような金色で、黒豹は空を切り取ったような青色。

どちらもソラに危害を加えるつもりはないようだ。

ソラのほうも、二頭にはなぜか懐かしさを感じた。

「あ…あの、おれ…」

どうしてここに？　と訊ねかけたとたん、腹の虫がグゥと大きく鳴いた。

『君は何日も眠っていたんだ。腹が空いただろう、好きなものを食べるといい』

黒豹の黛嵐に促されて、ソラは膝の上に視線を戻し、瑞々しい果実の芳香を吸い込んだ。

桃に葡萄、野苺にあけびに橙《だいだい》、栗や胡桃まである。季節を無視した品揃えに首を傾げつつ、ソラは一番心惹かれた大きな桃におそるおそる手を伸ばした。

新しい神獣の庭

ソラが目を覚ました翌日、黛嵐は久方ぶりに褥で彼を抱いた。

人型と獣型で一度ずつ。本当は朝まで何度でも身体を繋げたかったが、胡狼たちの穢毒が抜けきらないソラの体調を慮《おもんぱか》って我慢する。その翌日には珀焔が、そのまた翌日には黛嵐が…という具合に、ふたりは交互にソラと番った。神力を養うためというより、ソラを蝕んでいる穢毒を清める意味合いのほうが大きい。

ソラは落ちついて珀焔と黛嵐の行為を受け入れる日もあれば、恐慌に陥って泣き叫び助けを求める夜もあった。そして記憶は少しずつ戻りつつあるものの、ほんの小さなきっかけで混乱してしまうことが多い。

黛嵐と珀焔は交替で哨戒に出かけ、ソラを決して独りにしないよう細心の注意を払い続けた。

ふたりの神獣に庇護されて、ソラの日々は穏やかに過ぎてゆく。

そうして胡狼襲来から半年あまりが過ぎたある日。

事後の身体を五色の泉で清めてもらったソラは、大樹の根元の褥に横たわり、となりで獣型になった珀焔が身繕いする姿をぼんやりと眺めているうちに、あることに気づいて身を起こした。

「珀焔…」

気づいたことを言いかけて口籠もり、そのまま聖なる泉で清められたばかりなのに、奇妙にくすんだままの体毛に顔を埋める。頬に当たるやわらかな腹側の毛も、両手でまさぐってみた背中側の毛も、やはり以前に比べてなめらかさが減っている。

『どうした？』

ソラの不安を察した珀焔が、舐めていた前肢から顔を上げて気遣わしげな声をかけてきた。

「……珀焔、どこか具合が悪いの？」

泣きたい気持ちで訊ねたとたん、珀焔の気配がピクリと揺らぐ。ソラはがばりと身を起こし、珀焔の瞳を覗き込んで問いつめた。

「何が原因なの…？　薬はあるの？　黛嵐は知ってる？　おれに何かできることはある？」

矢継ぎ早に口にしながら、どうして今の今まで気づかなかったのか、自分の迂闊《うかつ》さに臍《ほぞ》を噛む。

『別に、どこも具合など悪くない』

「嘘…！　だって毛艶がすごく悪い。手触りだって前はつるつるさらさらだったのに、今はほら、こんなにきしんでごわごわしてる。絶対どこか具合が悪いんだよ…！」

『おまえが心配するようなことは何もない。だからそんな顔をするな、ソラ』

「嘘だっ…」

ソラは唇を噛んでうつむき、いやいやをするように小さく首を横に振った。

——珀焔はおれを心配させないように嘘を言ってる。何かを隠してる。どうして本当のことを言ってくれないの？　教えてもらったところで、おれにできることはあまりない。けれど嘘をつかれるのは嫌だ。隠しごとをされるのは苦しい。珀焔の健康にかかわることなら、どんな些細なことでもきちんと知っておきたい。好きだから、大切だから、失いたくないから……！

「お願い……っ」

抑えきれない想いが今にもあふれそうになり、ソラはあわてて口を両手で覆った。

一番叶ってほしい願いは、決して口にしない。自分がどうしてもほしいと思ったものは、一度も手に入ったことがないから。

『父さんと母さんに生きていてほしかった』

『神喰邑の人たちに、もう少しやさしく接してほしかった。せめて人として扱われたかった』

『本当はタケルに最後まで守ってほしかった。妹よりもおれを選んでほしかった』

血を吐くような想いはどれも叶わなかった。だからいつからか、本当に欲しいものは願わなくなった。欲しいと思ったりしたら、絶対に手に入らなくなる気がするから。

だから。

珀焔と黛嵐と、いつまでも神獣の庭で暮らしたい。

大好きな珀焔の心が欲しい。贄としてだけじゃなく、何かもっと違う……上手く言えないけれど、タケルが妹を優先したような、父さんと母さんが互いを想い合っていたような、そういうものが欲しい。

——一番叶ってほしいその願いは、決して口にしない。

いつも自分にそう言い聞かせ、あきらめることに慣れていたはずの心が、今日はどうしてか抑えきれずに揺らめいて、言葉の代わりに涙があふれ出た。胡狼の巣穴で手ひどい凌辱を受けて以来、自分の心を上手く制御することができない。

すぐとなりで珀焔が身を起こし人型に戻る気配がする。手に負えないほど錯乱する前に、自分を落ちつかせるためだ。そう気づいたとたん、よけい胸がざわめいて嗚咽が洩れそうになった。

何かあるとすぐに泣き出したり混乱して暴れたりしていたら、そのうち愛想を尽かされる。分かっているのにこらえきれない。今日は特に、珀焔を心配するあまり冷静さが吹き飛んでしまったせいで、自分でもどうかと想うほど涙があふれて止まらない。

「——…泣くな、ソラ」

どこか戸惑いを含んだ珀焔の声と同時に、顔を覆っていた両手をつかまれてそっと外された。

「だ…って…嘘、…本当のこと……教えて、くれ…なっ…」

たくさんのことが胸に渦巻いて、何をどう訴えればいいのか分からなくなる。幼い子どものようにひくひくと喉をうわずらせてしゃくり上げると、しなやかで逞しい両腕に抱き寄せられて広くて温かな胸に顔を埋める。そのまま大きな手のひらで何度も背中を撫で下ろされ、頬や額にやさしく唇接けられるうちに、ようやく少し落ちついてきた。

「おまえが心配することは何もない。私のことより、おまえのほうこそ少し熱が出てきたぞ」

仰向けられた額に手を当てられ発熱を指摘され、唇接けの合い間に薬湯を飲まされてしまうと、それ以上問いつめることも、胸の不安を打ち明けることもできなくなって、ソラは珀焔の腕に守られたまま眠りに落ちた。


次に目を覚ましたとき、ソラは黛嵐の腕の中にいた。

「珀焔は？」と訊ねかけ、寸前で呑み込む。黛嵐に抱かれているときは黛嵐のことだけを考える。それが、贄としての自分が黛嵐に差し出せる唯一の誠意だ。それなのに。

「珀焔は哨戒に出てる。まあ、すぐに戻ってくると思うけどね」

やさしい黛嵐はソラの心を察して教えてくれる。だからソラもつい甘えて訊いてしまった。

「――…珀焔、どこか具合が悪いんじゃないかな…」

「どうしてそう思ったの？」

胡狼の巣から助け出されて以来、以前とは比べようもないほどやさしくなったとはいえ、どこか断定口調で己を押し通す珀焔と違い、黛嵐はいつでもこんなふうにソラの気持ちを汲み取ろうとしてくれる。それなのにどうして自分は、黛嵐ではなく珀焔に惹かれてしまうのだろう。

「毛艶が悪いんだ。人型になったときの顔色も、あんまりよくない気がする。前は内側から光が透けてるみたいだったのに、今はくすんで見える」

そう訴えながら黛嵐の姿をよく見ると、珀焔より程度が軽いとはいえ、やはり髪に艶がなく肌の色もくすんでいる。珀焔にくらべて肌色が濃いせいとはいえ、どうして今の今まで気づかなかったのか。昨日に続いて、ソラは己の迂闊さと注意力のなさに嫌気が差した。

「君のほうこそ、ずっと具合が悪かったからね。仕方のないことだから気にしなくていい」

黛嵐も昨日の珀焔と同じように気を遣って慰めてくれた。けれど本当に気にしなくていいのか。

――ううん。ふたりのやさしさに甘えてるだけじゃダメだ。珀焔も黛嵐も教えてくれないなら、自分で何が原因なのか、きちんと考えなきゃ。

ソラはきゅっ…と唇を噛んで、この半年ろくに使い物にならなかった頭を懸命に働かせた。

贄として神来山に来てから二年あまりの間、ふたりの状態がこんなふうになったことはなかった。原因として考えられるのは、やはり半年前に起きた胡狼襲撃事件、そしてソラ自身がやつらに拉致されて凌辱を受けたことだ。

当時のことをちらりと思い出しただけで、底知れない恐怖と狂気のような淫悦の記憶につかまりそうになる。ソラは強く目を閉じて黛嵐の腕にしがみついた。それでも考えなければいけない。

――珀焔も黛嵐はひと言も、口の端にすら乗せないけれど、禍津神の眷属だという胡狼たちにあれだけ穢されて、贄としての自分の価値が損なわれなかったわけがない。

そう思い至った瞬間、ひやりと全身の血が引いて手足の感覚がなくなった。

――もしかしたら、今もまだ穢れは落ちていなくて……、そんなおれを抱くことが珀焔や黛嵐の負担になっているのだとしたら…？

たどりついてみれば、それ以外の答えなど見つからない。黛嵐よりも多くの時間をソラと過ごし、多く番っている珀焔が、黛嵐よりも毛艶が悪く肌がくすんで見えるのも、それで納得できる。

「…あ」

「どうした、ソラ」

真っ青になって震えはじめたソラを心配して、黛嵐が顔を覗き込んでくる。

「黛…嵐、おれ……、おれのせいで…、――でも、どうして…？」

神獣は贄を抱くことで霊気を養い、この世界に留まって地上に安寧をもたらす力を得る。ならば贄が魔に穢されて、聖なる神獣たちを養う精気を失ったとしたら？　そればかりか、彼らを傷つける毒となってしまったら？

「そ…んな…」

ソラは急いで黛嵐から身を離し、追いすがる腕を逃れて距離を取った。

「ソラ、いったいどうしたんだ？」

黛嵐が少し傷ついた表情で立ち尽くす。以前は、ソラが心の中で強く思ったことなら声に出さなくても通じていたのに、今は分からない。その原因も、たぶん同じ。

――おれが、穢れてしまったからだ…。贄として用を為さなくなったから…。

「ごめん…なさい、黛嵐…」

泣き出してしまう前に謝った。

「ソラ、そんなに俺に抱かれるのが嫌か？　珀焔でなければ」

「ちがう！」

ソラは黛嵐の誤解をさえぎって訴えた。

「黛嵐、ちゃんと教えて。胡狼たちのせいで……穢れてしまった贄《おれ》を抱くのと、贄の精を得られないまま過ごすのと、どっちがマシなの？」

「ソラ…」

両手を差し出そうとした黛嵐の顔に『しまった』という表情が浮かぶ。それでソラは自分の予想が正しかったことを確信した。それでも一縷の望みをかけて訊ねる。

「——この穢れは、時間が経てばちゃんと祓えるものなの…？」

だからふたりとも自分を見捨てたりせず、贄として以前と変わらず大切にしてくれるのか。

黛嵐は何か言おうとして口をつぐみ、代わりに慈しみに満ちた笑みを浮かべて両手を広げ、

「君が心配することは何もない」

そうささやきながらソラを抱きしめてくれた。黛嵐が珀焔と同じ言葉で慰めようとするのを聞いた瞬間、ソラには分かってしまった。たぶん完全に穢れを祓うことは難しいのだと。

気づくと同時に、ソラの胸に悲しい決意が生まれた。

その決意を実行に移したのは、それから三日後の夜。

黛嵐が哨戒に出たあと、青白く頬の削げた珀焔がぐっすりと寝入ったのを確かめてからだった。

ソラは胸が引き裂かれるような名残惜しさを感じながら、珀焔が眠る褥をそっと抜け出して、大樹に守られた神獣の庭をあとにした。息をひそめて気配を消して、足音を立てないように。

三分の一に欠けた月が、涙をこらえて神来山を降《くだ》るソラの背中を寂しく照らす。頼りない月明かりはソラの心細い行く先を示すと同時に、そこかしこに影を作って逃避を助けてくれた。

「もっと早く、こうするべきだったんだ…」

そうすれば珀焔があんなに弱ることはなかった。黛嵐だって…――。

珀焔は今夜もソラを抱いた。ソラは気分が悪いとか、眠いとか、いろいろ理由をつけて拒もうとしたけれど、珀焔相手には通用しない。ぐずる赤子をあやすようにやさしく、けれど強引に抱かれたあと、自分を抱く前より生彩を欠いた珀焔の様子に、ソラはしっかり気づいてしまった。

「おれのせいだって分かったのに、これ以上、傍になんていられない…」

山の中腹近く、毎日のように通っている五色の泉まで来たあたりで、ソラの両目からこらえきれない涙がこぼれ落ちた。凪《な》いだ泉の水面に映る星明かりがあまりにきれいで、痩せた月光を浴びた岸辺の木々の姿が、珀焔と過ごした日々の記憶を鮮やかに思い出させたせいだ。

「ふ…ぅぐ…、……っく…」

一度堰を切った涙は止めどなくあふれ、両手の指と甲と手のひらで何度拭ってもきりがない。

おれは贄として必要とされていたから、存在価値があったから、ふたりの傍にいることを許された。でももう無理。価値がないばかりか、おれが傍にいたらふたりの身体を損ねてしまうなんて。それが分かっているのに、傍に居続けることなんてできない。

――嘘をつくな…。本当は珀焔と黛嵐がおれの面倒を見るのに飽きて、捨てられる日が来るのが恐いから、自分から逃げ出したくせに。神喰邑でタケルに見捨てられたみたいに、珀焔からも見捨てられるのが恐くて、どうしようもなく恐くて、逃げ出したくせに。

自分の中にいるもうひとりの自分に、容赦なく自分の弱さを指摘され反論しようと口を開きかけた、そのとき、

「そんな理由で私の前から姿を消そうとしたのか？」

驚くほど近くで聞こえた低い声にソラはびくりと手足を震わせ、後退りながらふり返った。

「珀焔…！」

「見損なうな」

珀焔は目を座らせ、青白く揺らめき立つような怒気をまとって近づいてきた。

夜闇の中で、金色の瞳が夢幻の奥行きを湛《たた》えて肉迫する。その瞳に射すくめられたソラは、身動ぐこともできないまま捕食者の腕に囚われてしまった。

「愚か者めが！」

声は凍えるほど恐かったのに、抱きしめてくれる腕は力強く、顔を埋めた胸は変わらず温かい。

こうなることを自分は予測していたのだろうか。追いかけてもらえると分かっていて、逃げ出したんだろうか。

「ちが…、ちがう…！　おれは本当に…珀焔をこれ以上苦しめたくなくて…！」

「私がいつ、おまえを抱くことが苦しいと言った？」

「だって…具合が悪そうだから…」

「おまえは私の贄だ。勝手に山を降りて姿を消すことなど許さない」

ソラの意思など無視した居丈高な態度。神来山に来たばかりの頃は腹が立ち、みじめに感じたその言い方に今は奇妙な安堵を覚える。言われるがまま、以前と同じ立場に戻れたらどんなに幸せだろう。でもそれはできない。ソラは珀焔の胸から身を離して顔を上げた。

「そう…だよ。おれはあなたの贄だった。贄として必要とされてきた。でも、胡狼たちに穢されて役立たずになったから、もうあなたの傍にはいられない…！」

目を怒らせた珀焔に腕を強く握られたけれど、ソラは訴えを止めなかった。

「このままじゃ珀焔も黛嵐も弱っていくばっかりで…。今はまだいいけど、前みたいに胡狼が攻めてきたらどうするつもり？　そうなる前に新しい贄を迎えたほうがいいと思ったんだ…！」

本当の望みとは正反対の言葉ばかりが口をつく。本当は去りたくなどないのに、賢《さか》しらに言い募る自分の言葉で、唇も胸も粉々に砕け散ってしまいそうだ。

「それがおまえの望みなのか？」

「……っ」

念を押すように訊かれてヒクリと喉が鳴る。胃の腑が潰れて、心の臓は石になりそうだ。

それでも本当の望みは口にできない。言えば叶わなくなる。これまで一度も叶ったことがない。

ソラはまぶたを強く閉じ、歯を食いしばって、燃える氷の刃にも似た珀焔の凝視に耐えた。

両腕をつかんでいた珀焔の指先から力が抜け、束縛から自由になる。

――これで終わり…。本当に終わり…なんだ……！

支えと希望を失った身体が、このまま立ち去れという意思に反してその場に崩れ落ちる。

ソラは震える両手で顔を覆い、胸の奥から飛び出しそうな嗚咽をこらえた。

そのとき頭上から深い溜息と、焦《じ》れたような声が降ってきた。

「言い方を変えたほうがよさそうだな。私は贄としてだけ、おまえを必要としているのではない」

「……え？」

呆けたような声が出た。ソラは地面にしゃがみ込んだままぽかりと目を開けて、天空で弱い光を放つ月と、その光を身にまとい神々しく輝く珀焔の美貌を仰ぎ見た。

「たとえ贄としての役目が全うできずとも、おまえを手放すつもりはない。私はおまえを――、ソラという存在を必要としているんだ」

夜の静寂に、低く張りのある声が響き渡る。

「おまえが愛おしいと思おうから、手放したくない」

言葉の意味を理解するより早く、何か温かい波のようなものが押し寄せて、ソラの欠けた部分を補うように満ちてゆく。

本当はずっと欲しかったけれど、決して得られないとあきらめていたものが、ひたひたと。

「いい加減、それを分かれ」

抱き起こされながら最後は耳元で言い募られて、ソラは自分の身体がきらきらと輝く光の粒になって形を失い、崩れ落ちてしまうような気がした。幸せすぎて、夢のようで。

「珀…焔……っ」

両腕を伸ばして、しなやかで逞しい首筋にしがみつきながら、ソラは子どものように訊ねた。

「ずっと…傍にいていいの…？」

「ああ」

「でも、おれの穢れ…」

「時間はかかるかもしれないが、いずれ清められてゆく」

「――…本当に？」

我ながらすがりつくような声だと思う。けれど確かめずにいられない。そして珀焔の答えは、ソラの予想より厳しいものだった。

「たとえ十年、二十年かかったとしても私は気にしない。それでおまえと一緒に時を過ごせるなら、神来山の主を辞めて、神域に近い場所に引退してもいい」

「そんな…、だって…」

自分のためにそこまで覚悟を決めてくれたのか。それを申し訳なく感じる前に、嬉しいと思っ

てしまった。山の主という地位よりも、自分を選んでもらえたことが嬉しい。嬉しくて、そして、

「ごめんなさ…」

浅ましくてごめんなさい。おれのせいで…。申し訳ないと想う気持ちがそのまま口からこぼれたとたん、罰するように唇をふさがれた。

「…ぁ」

ソラの舌の根が引き攣るほど強く吸い上げてから、珀焔は唇を離して強い口調でささやいた。

「私は高潔な人間が好みだと言ったことを覚えているか？」

「……っ」

辛い記憶がよみがえりかけてひくりと息を呑むと、珀焔は恐い表情を浮かべていた己に気づいたのか、ふ…っと笑みを浮かべて、ソラの頰にそっと手を重ねて言い添える。

「おまえに惹かれた私の目に狂いはなかった、ということだ」

「それって、おれが…高潔ってこと…？」

まさか珀焔の口からそんな言葉が出るとは。愛しいと言ってもらえただけでも信じられないくらいなのに、その上そんな褒め言葉まで惜しげなく与えられて目を丸くしていると、珀焔は呆れたように小さくため息を吐き、

「おまえはあの宝剣、すなわち私たちを守るために自らの身を犠牲にした。剣が胡狼どもに見つからないよう、自らを囮にして守り通した。その行為が…魂そのものが、高潔だと言ってる」

きっぱりと強く言いきって、泣きじゃくるソラを軽やかに抱き上げて歩きはじめた。

どこか急いた歩調で運ばれ連れて行かれたのは、五色の泉のほとりに生えている巨大な枝垂れ柳の根元。かすかな月明かりを浴びて瑞々しく輝く淡い緑葉の簾をかき分けると、そこにはやわらかな若草の褥が広がっていた。

背中を両腕で支えられたまま、そっと叢の上に横たえられたとたん、ふわりと夜の香気に包まれる。青草と木々が発する夜の呼気、秘やかに眠る花蜜の残り香。胸の奥底まで染みわたるようなその匂いは、上から覆い被さるようにのしかかってきた珀焔に強く抱きしめられると、濃厚な雄の香気にとって代わられた。

「自覚がないようだが、おまえは自分で思うよりずっと強く高潔で、私を魅了している」

「あ…、珀…焔…」

脈動を確かめるように、首筋に顔を埋めた珀焔の唇が強く吸いつく。その唇と舌の熱さにソラはひくりと息を呑み、溺れる者のように珀焔の背中に両手をまわしてすがりついた。

「珀焔…！」

「ソラ、ソラ…」

珀焔は何度もソラの名を呼びながら、これまでにない性急さで服の合わせを割り広げ、熟した桃の皮を剝くようにするりと肩から剝いでゆく。同時に腰帯と下穿きもゆるめられ、ソラが小さく身動ぎする間に一糸まとわぬ姿にされてしまった。

そのまま唇接けを受け、口蓋をぞろりと舐め上げられて強く目をつむり、舌を甘噛みされてまぶたを開け、乳首を両手の指でツンと摘まれてまた目を閉じる。唇が離れると飲みきれなかった甘い唾液がとろりとこぼれて、顎から首筋に伝い落ちてゆく。それを追いかけるように顎先、首筋、鎖骨、そして乳首を強く吸われて、ソラは小さな悲鳴を上げた。

「い…ぁ…ッ」

目を閉じて開けるたび、珀焔も服を脱いで、均整の取れたしなやかで逞しい裸体が露わになってゆく。すがりついた両手のひらが触れるのも、布ではなく、汗ばんだ肌のなめらかで張りのある手触りになる。

「あ…、あぁ…あ、珀…焔…！」

ソラは両腕に力をこめて珀焔を抱き寄せた。自分よりも大きな身体の珀焔を、己の胸に重ねて溶け合いたいと思うほど強く、何度もすがりつく。

珀焔も同じように、ソラを何度も抱きしめてくれた。乳首を唇でついばみ舌先で突《つつ》きながら。鳩尾から下腹に唇接けを落としながら。長く形の良い指先でソラの全身を余すところなくたどり、淡い叢の中から身を起こして震えている若茎に唇を寄せる。

熱い吐息が触れたと思った次の瞬間、そこを珀焔に咥えられてソラは身を仰け反らせた。

「ひゃ…っ、ゃあぁ……珀…ぇ…！」

とっさに珀焔の頭を両手で押しやりながら腰を引こうとすると、なおさらよけいに強く吸われる。

「あ…ぁあ…いぃ…ぁ…ん、ぅう…あ…」

先端を舌先で抉られるよう嬲られながら、根元の奥にある秘蕾に指が潜り込んでくる。

「——…き…ぁあ…っ」

最初に中指が、先端からつけ根までぬるりと入り込み、二、三度抜き挿しをくり返されたかと思うと、今度はひとさし指と一緒にずんと押し込まれた。少し曲げた二本の指が回転しながら肉筒を出入りする。ソラは大きく広げた両脚を、脱がされた衣服の上で曲げたり伸ばしたりすることで、腰骨から背筋を這い上がる激しい快感に耐えた。

「や…珀焔…、それ、も…ぅ…ぃや……」

珀焔は左手で根元を強く押さえて射精を阻んだ若茎から顔を上げ、右手でソラの膝をつかんで軽々と持ち上げた。そうして露わになった秘蕾に自身の先端を押しつけながら、蕩けるような甘い声で居丈高に命じる。

「嫌じゃなくて、欲しいと言え」

これまで何度も戯れに強要されてきた言葉。同じ内容なのに今夜はそれが、たとえようもない睦言に聞こえる。自分の左脚を抱えながら、膝立ちになって上から見下ろしてくる珀焔に向かって、ソラは両手を差し出して懇願した。

「欲し…ぃ、来て…珀…焔」

言い終わる前に、充血して潤んだ秘蕾をかき分けて珀焔自身が音を立てて入ってくる。

「ソラ、おまえが愛しい…」

「ひ…ぁあ…――…」

先端に奥を突かれた瞬間、根元を押さえていた束縛がゆるんで、ソラはこらえることもできず吐精した。吐精しているのに激しい抜き挿しを続けられて、あまりの快感の強さに息が止まり、目の奥で白い閃光が幾度も瞬く。そのまま少しの間気を失っていたのかもしれない。次に気づいたときには、枝垂れ柳の巨木に背もたれて胡座をかいた珀焔と、向き合う形の座位で抱かれていた。

先刻のような激しい抽挿ではなく、ゆるく腰をうねらせるだけの、揺籃《ようらん》のような動きが伝わるたびに、繋がった場所からじゅぶ…じゅく…と悩ましい粘ついた音が響く。それで、気を失っている間に珀焔も中に一度吐精したのだと分かった。

「あ……珀…え……」

頬を埋めていた厚い胸板から顔を上げると、心配と情欲が混じり合った金色の瞳と、恐いほどの美貌に見つめ返される。秀麗なその額から頬を覆うようにこぼれ落ちた白銀の髪。以前は流れる水のようにしなやかだったその髪が、今は艶をなくしてくすんでいる。手を伸ばしてかき上げると、指先に軋むような感触が残った。それが切ない。

「おまえのせいではない」

ごめんなさいと謝る前に、手を取られ指先に唇接けられながら念を押された。同時に下からゆるりと押し上げられて、深い場所に珀焔自身の先端が当たる。

「あ…ッ」

下腹部で生まれた悦楽の種が、鳩尾で花開いて濃厚な蜜を生む。腰椎を駆け上がった快感の蔓が、脳髄で種を蒔くように弾けて手足の爪先まで痺れさせる。

繋がったまま再び地面に押し倒された…と思う間もなく、くるりと身体をひっくり返された。自分が脱いだ服の上に両手と両膝をついて獣の形で這うと、背後から抽挿が再開される。背中に珀焔の厚い胸板の熱と汗がぴたりと重なった。その頼もしさに酔いしれていると、ふいに張りのある胸板がやわらかな毛皮の感触に変わる。同時に、ソラの内側を満たしていた逸物が少し太さを減じた代わりに、長く伸びて信じられないほど奥まで届く。

「うぁ…ん、あ…んぅ、ん…、あぁ…――ぁ…」

獣身に変化した珀焔の荒い息づかいが、首筋から耳元にかけてフッ…フッ…と何度もくり返して吹きつけられる。その熱さにソラは官能をよけい刺激され、幾度も背を仰け反らせて喘ぎ声を上げた。悦楽の涙と汗と唾液を滴らせながら、両手でくしゃくしゃになった衣服を揉み搾り、かき交ぜ、背筋を震わせ、最後は大きな神獣の吐精を受けながら、温かくてやわらかな眠りに落ちていった。

目覚めたのは夜明け前。

獣身のままの珀焔の両手に抱きかかえられ、ふかふかの腹毛に背中を埋めるようにして眠っていたソラは、ふっとまぶたを開けてみた。

あたりはまだ暗い。やわらかな風が吹いて枝垂れ柳がサラサラと音を立てて揺れると、狭間から満天の星明かりを映して煌めく五色の泉が見えた。繊細な銀の針を何本も触れ合わせたような、星々の瞬く音が聞こえるようだ。あまりの美しさに小さく身動ぐと、自分より前に目覚めていたらしい珀焔が、心話で話しかけてきた。

『目が覚めたか?』

珀焔はソラの胸の前で交叉した両肢にクッと力を籠めた。鋭い爪は注意深くしまい込まれているので、どれだけ強く押さえられてもソラの薄い肌が傷つくことはない。少しざらざらした蹠球が胸に当たり、背中はより一層極上の毛皮に埋もれてしまう。

「うん…」

ソラは珀焔の広くて温かくてやわらかな腹毛の上でくるりと反転し、白地を黒縞が彩る愛しい神虎を仰ぎ見た。事後、簡単に身を清めてもらったらしく、下腹部に汚れを放置された違和感はない。ただ、深く激しく愛された気怠さだけが残っている。

「珀焔、…好き」

——ああ、自分はまだ少し寝惚けているらしい。ちゃんと目が覚めていたら、いくらなんでもこんなにあけすけな告白はできない。そう思いつつ、唇は言葉を紡ぎ続ける。

「大好き。本当はずっと好きだった。最初に見たときから」

正直な気持ちを、相手に対する好意を、一度口にしてみるとその心地よさは想像以上だった。

ソラは広げた両手でふくふくと息づく珀焔の体毛を撫でながら、独り言のようにうっとりとささやき続けた。

「恐かったのに、冷たくされたのに、あなたのことが気になって仕方なかった。黛嵐のほうがやさしかったのに、どうしてあなたのことばかり目で追ってしまうのか分からなくて、不安だった」

それに、なぜ自分が珀焔に好いてもらえたのか――。未だに不思議で仕方ない。

『私も、最初はなぜおまえのことが気になるか分からなかった』

珀焔はぐるる…と喉を鳴らしながら、心話で答えた。

『けれどおまえは、たくさんある果実の中から桃を選んだ。一度目も、そして二度目も。その理由が自分で分かるか？』

「――…分からない」

ソラは正直に首を横に振った。

『匂いか？　姿か？　手触りか？　為人《ひととなり》を知る前に、好意を抱く理由はなんだろうな』

白虎の姿で髭をそよがせながら、珀焔が笑う。

ソラは自分が桃に惹かれたときの気持ちを思い出してみた。艶やかな葡萄の房も芳しい香りを発する橙もぼんやりかすんで、ただ桃だけがくっきりと浮き上がって見えた。手が届く距離に他の果実がいくつもあったのに、瞳が吸い寄せられて、気がついたら桃を手に取っていた。

ただ心惹かれて。

『最初のきっかけは、そんなものだろう』

「珀焔も…？」

答えの代わりに両前肢で抱きしめられ、後ろ肢で両脚もからめ捕られて、ソラは極上の毛皮に全身を包まれた。その温かさと、胸板から直接伝わってきたゴロゴロという喉鳴りの音が、言葉にしなくても珀焔の気持ちをソラに教えてくれる。

『この世の何よりも、おまえが大切だ』と。

珀焔が与えてくれるのと同じだけ――できればそれ以上の安らぎと幸福を与えたいと願いながら、ソラはふかふかの体毛に頬を埋め、心地よさのあまり再び微睡《まどろ》みに誘われてまぶたを閉じた。

†

黛嵐は気づいてしまった。

ソラが神来山を降りて姿を消そうとした夜以来、自分たちの関係は変わってしまったと。

以前は無意識に、もしくは本人に見つからないよう慎重に姿を追っていたソラの瞳が、誰憚ることなく珀焔の姿を見つめるようになった。黛嵐は、すぐにふたりが身体だけでなく心の深い部分でも繫がり、絆を結び合ったのだと察して、落胆した。

神来山一帯を守る主の片割れとして祝福する気持ちは当然ある。しかし。覚悟はしていたものの、ソラが自分ではなく珀焔を伴侶に選んだことに、思っていたより痛手を受けたのも事実。

ソラは珀焔と深く結ばれたが、だからといって黛嵐のことを蔑《ないがし》ろにしたり、交情を厭う気配は微塵も見せない。むしろ以前より細やかな気配りで黛嵐を受け入れ、淫らに喘いでみせる。

けれど一度にふたりの相手をすることはなくなった。

ソラは必ず一対一の関係を望み、黛嵐に対しても忠実な恋人のふりをしている。……いや、ふりというのは語弊がある。ソラは決して計算高い人間ではない。彼は彼なりに、真摯《しんし》な気持ちで自分と珀焔に向き合っている。

けれど黛嵐は、時々ソラに視線で問うてしまう。

『なあ、ソラ。おまえ、本当は珀焔にだけ抱かれたいんじゃないか？』

言葉にすることは憚られる、愚かな問い。

だから黛嵐は決してその問いを口にしたりしない。


ここは神獣の庭。

二頭の神獣とひとりの少年が住まう場所。

今はそれでいいと、黛嵐は少し切なく思うのだった。

CROSS NOVELS

神と抱く腕《かいな》

☙ 黛嵐《タイラン》 ☙

黒豹姿の黛嵐《タイラン》が、その少年を見つけたのは哨戒《しょうかい》からの帰り道。

場所は神来山《かむらいやま》の麓《ふもと》——すなわち一番外側の結界にほど近い、小さな茂みの陰だった。

少年は傷だらけで枯れ木のように痩せた手足をぎゅっと丸めて、そのまま力尽きたように横たわっていた。その姿を一瞥《いちべつ》した黛嵐は、素早く顔を上げてあたりを見まわし、さらに意識を四方に広げて結界にほころびがないか注意深く精査した。

結界にはどこにも異状がない。確認がすむと、再び少年に視線を戻して小首を傾げる。

八ヵ月ほど前、禍津神《まがつかみ》の眷属である胡狼《ジャッカル》の侵入を許してしまい、その結果大切な贄《にえ》であるソラが攫われるという大失態を犯したあと、黛嵐と珀焰《ハクエン》は厳重に結界を編み直した。ソラを救い出すついでに忌々しい胡狼の巣穴は壊滅してやったが、それでも警戒は怠っていない。

人であろうと禍津神の眷属であろうと、招かざる者が侵入すれば自分か珀焰のどちらかが必ず気づくはず。それなのに。

『いったい、どうやって結界内に入り込んだんだ？』

不可解さに眉間を寄せつつ、数歩の距離をつめて倒れ伏している少年に近づくと、喉奥からさらに低い呻きが洩れた。

『ひどいな…』

黛嵐が珀焔とともに神来山の主《ぬし》となり、麓の邑《むら》から贄を受け取るようになってから数百年間、邑から届けられた人身御供たちは皆、穢れを知らず清らかで、裕福な有力者の子弟か飛び抜けて美しい者ばかりだった。贄として入山すれば神獣の庇護を受けて末永く幸福に暮らせると、誰もが知っていたからだ。本人同様、贄に選ばれた家族にも繁栄が約束されており、百年に一度の頻度で行われる贄の選定は、毎回水面下で熾烈な競争が行われるほどだった。

八百年前に起きた予期せぬ災厄によって伝統が途絶え、贄を得られなくなって長い眠りについたふたりが久しぶりに目覚めて、最初に目にした贄――ソラのみすぼらしさに驚いたのは、そういう事情があったからだ。

初めてソラを見たときにも、なんて痩せっぽちで不幸な匂いがする子だろうと思ったものだったが、今目の前に倒れている少年は、あのときのソラよりもさらにみじめな姿をしている。贄として送り込まれたとは到底思えない。

結界に守られた神来山の気候は常春だが、外界はそろそろ冬になる。それなのに少年が身にまとっているのはすり切れた薄い上衣と股脛巾《ももはばき》だけ、裸足の足裏は血だらけで、手や腕も切り傷や擦り傷が無数にある。雨ざらしだった糸のように、艶をなくした黒い髪が簾《すだれ》のように張りついている顔は土気色で、骸骨のように痩せやつれている。

まだ息はあるようだが、このまま一日か二日放っておけば確実に命の炎は尽きるだろう。

『――……やれやれ』

弱った者を見ると世話を焼かずにいられない己の性分に溜息を吐《つ》いてから、黛嵐は薄い上衣と腰帯を銜えて少年の身体を持ち上げ、山の中腹に向かって歩きはじめた。

神獣という名が現す通り、黛嵐の本性は獣型で、契りを交わした贄の前でなければ人型に変化できない。たとえ相手が死の淵《ふち》をさまようほどに衰弱していても。

親猫が子猫の首筋を銜えて移動する要領で、少年を運んでやってきたのは、ソラが珀焔の相手を務める間、黛嵐がひとりで過ごすために用意した隠れ処《かくが》のひとつだ。

山頂の聖域からは充分離れた場所にあり、獣型でも人型でも過ごしやすいように整えてある。二本の木が互いに枝を絡ませ合ってできた自然の天蓋の下に、粗朶と枯れ草を敷きつめた寝台があり、外には陽当たりと風通しがいい草地がある。花が咲き、木漏れ日で彩られた草地の周囲は、木々に囲まれて適度に視界がさえぎられ、近くには清流が流れ込む小さな泉もある。

黛嵐はとりあえず寝台に少年をそっと下ろし、彼がぴくりとも目を覚ます気配がないことを確認すると、溜息を吐いてその場を離れた。そのまま山頂の聖域まで駆け上がり、人型に変化してたわわに実っている果実をいくつかもぎ取ると、獣型に戻って器用に銜える。それから急いで少年の元へ駆け戻った。

少年はぐったりと横たわったまま、相変わらずピクリとも動かない。黛嵐は少年の傍らに果実をそっと置いてから、口元に鼻先を近づけて呼吸を確かめた。

細くて微かだが息はしている。手足は氷のように冷たいのに、額だけが奇妙に熱いのは熱があるせいだろう。荒れてひび割れた唇をちろりと舐めてみると、血と涙の塩辛さに舌が痺れた。

落ちくぼんだ目元や土埃がこびりついた頬、髪の生え際や耳のつけ根に鼻を寄せてみると、汗と堆積した疲労の色濃い匂いがする。山の獣を狩って生き延びてきた者らしく、悪臭はほとんどない。匂いで獲物に気づかれないよう定期的に身体を洗っていたのだろう。

黛嵐は顔を上げ改めて少年の顔を見つめると、もう一度唇、それから頬、額、顎、こめかみ、目元——要するに顔中を舐めまわした。顔に散った小さな泥汚れがなかなか取れない。そう思いながらまじまじとよく見ると、それは泥汚れではなく雀斑《そばかす》だった。

自然に前を向いた髭がさわさわと少年の肌に触れるのもかまわず、フッ…フッ…と鼻で息を吹きかけながら、汚れがすっかり落ちるまで舐め続けていると、ようやく少年が呻き声を上げて身動いだ。

「う…ぅ……」

病みやつれた姿には不似合いなほど長い睫毛が小刻みに震え、やがて眦の切れ上がった一重のまぶたがゆっくり持ち上がる。夜明け前の空のような、青みがかった黒い瞳が夢見るように揺らめく。何度か瞬きをするうちに黛嵐の姿がようやくはっきり見えたのか、青色を帯びた黒瞳がまるで小石を投げ入れた水面のように揺らめいて小波立った。

怯えて悲鳴を上げられるのかと身構えた黛嵐の予想を裏切り、少年はなぜかくしゃりと泣き笑いの表情を浮かべ、震える両腕を懸命に差し出して黒豹姿の黛嵐にしがみついた。

「クロ…。よかっ…、生きて…た……」

黛嵐の首筋に腕をまわし、そんな干涸らびた身体のどこに水分があったんだと訊ねたくなるほど涙を流しはじめる。静かにさめざめと、声を殺して。

『――…』

長い時を山の神として過ごし、何人もの贄を迎え入れてきたがこんな反応は初めてだ。

――いや、この少年はおそらく正式な贄ではない。だから多少変でも仕方ないのか。

黛嵐は己をそう納得させながら、心話で少年に語りかけた。

『俺の名前はクロじゃない。黛嵐《タイラン》だ』

しかし、正式な贄でない少年には黛嵐の心話が聞こえないらしい。

「クロ、クロ…もうどこにも行かないで、オレをひとりにしないで…」

譫言《うわごと》のように泣きじゃくって、そのまま再び意識を失いそうになる。黛嵐はあわてて少年の身体を押しやり、果実の山に顔を向けさせた。

「あ…」

甘やかな香りを嗅いで、ようやく神果の存在に気づいたらしい。少年は横たわったまま震える腕を伸ばし、傷だらけの指で迷うことなく黒に近い濃紫の葡萄を手に取ると、

「あ…、え…？　これ……」

葡萄と黛嵐を何度か見くらべてから、小さく首を傾げた。

「オレに、くれる…の？」

不揃いで簾のように垂れた前髪の間から、上目遣いで用心深そうに確認してくる。瞳の奥にこびりついているのは長年培ってきたあきらめの心。簡単には他者を信用しない、期待しない。裏切られる辛さを嫌というほど思い知っている者の、精一杯の自衛心が見え隠れしている。

『ああ』と心話で答えても相手には通じない。代わりに「ぐるる」と喉を鳴らすと、少年は了承だと感じたのかわずかに瞳を和ませ、葡萄の実を房から一粒もいでそっと唇に含んだ。

「甘い…、美味しい…」

『ゆっくりでいいから全部食べるといい。それは神果だから、食べて寝て起きれば、身体がぐっと楽になってる』

語りかけても少年は黙々と食べるばかりで特に反応はない。心話も聞こえない、正式な贄でもないのに、どうやって結界を抜けて神域に入り込んだのだろう。

『君はどうやってこの山に入ったんだ？』

通じないのを承知で語りかけると、少年はふっと顔を上げて黛嵐を見つめた。心の声は聞こえないが、何かを訴えているという気配は伝わるらしい。それから手の中の葡萄の房を見つめ、少し考えてから房を半分にして、黛嵐に向かって差し出す。

「クロも食べたいのか？　ほら、お食べ」

少年は何日も食べておらず、餓えきっているのが明らかなのに、それでも自分の分を半分差し出した。先ほど見せた用心深さからは予想できなかった反応だ。普段恵まれた暮らしをしている者でも、飢え死ぬか生きるかの瀬戸際で、自分に与えられた分け前を他者に譲る行為はなかなかできることではない。これはおそらく生来の気質なのだろう。

少年のやさしさに黛嵐の胸は奇妙に疼いた。大半は哀れみから。それから愛しさで。

可哀想な子を見ると、可愛がって甘やかしてやりたいと思うのは、自分の性分だ。

ソラにも抱いた同じ思い。そういえば、この子は初めて神来山に来たときのソラに少し似ている。年格好と、特に不幸そうな匂いが。

「クロ？」

小首を傾げて差し出された半房の葡萄を、黛嵐は手のひらごと鼻先で押し返し、通じない心話と一緒に喉奥のうなり声で『君が全部食べていい』と言い聞かせた。

「ぐぁるる…」

それでどうやら伝わったらしい。少年は「いらないの？」とつぶやくと、押し戻された半分を黙々と食べ終わり、そのまま力尽きたように眠りに落ちた。過酷な生い立ちを偲《しの》ばせる、落ちくぼんだ眼窩と青白い頬を眺めていると、思わず溜息が洩れる。

——この子は俺が見つけた。正式な贄ではないから、珀焔と共有する義務はない。養って身繕いを整えてやれば、ソラの代わり…とまではいかなくても、ソラが珀焔の相手をしている間の孤独をまぎらわせる、慰めくらいにはなるかもしれない。

ꕥ カイナ ꕥ

走れ、走れ、走れ……！

カイナは自分にそう言い聞かせて走り続けた。

追っ手は五人、――いや七人。捕まれば間違いなくひどい目に遭う。

無断で山ノ民《やまのたみ》の縄張りを侵したのはカイナの落ち度だが、こちらはすでに夏の間に蓄えた食料や毛皮、武器になる鉈《なた》や弓矢まで盗られて丸裸状態だ。捕まったところで、奪われるのは命くらいだと分かっていたが、その前に腹癒《はらい》せで受けるだろう乱暴が恐い。

カイナを追っている山ノ民が情け容赦のない性質《たち》だということは、彼らが迂闊に入り込んだ余所者を大人数でいたぶって死なせた場面を、見たことがあるから思い知っている。

あんなふうに大勢でいたぶられるのはもう二度とごめんだ。それが嫌で、カイナは生まれた邑を逃げ出して、ひとりで生き抜くのは厳しい山暮らしに一縷《いちる》の望みをかけたのだから。

カイナの生い立ちは恵まれたものではない。

祖父と母が生きている間は貧しいながらもなんとか暮らしていけた。けれど八つの歳に母と祖父があいついで亡くなると、カイナには頼れる人間が誰もいなくなった。

祖父は昔、邑の出納係という地位を得ていたが、自分の娘――カイナの母――が重い病になったとき、医者を呼び薬を買うために邑の公金を盗み出した。娘は一命を取り留めたが、代わりに祖父は地位と信用を失い、三代邑八分《むらはちぶ》という罰を受けることになった。

真面目だった祖父が公金に手を出したのには理由がある。娘が病気になる少し前、やはり病に倒れた妻の治療費のため邑長に金を借りていた。その返済が終わらないうちに再び借金を申し込んで断られたせいだ。妻は治療の甲斐なく亡くなった。娘のために金を用立てても、死なれてしまえば無駄になる。邑長は遠まわしにそう言って祖父の借金を断った。その年は洪水と冷害で作物がまともに育たず、邑にも余裕がなかったせいもある。

けれど祖父はあきらめきれず、公金に手を出して娘の命を救った。その代償として、葬儀以外は、農作業の手伝いも、祭りも、寄り合いも、一切交流を断たれるという邑八分になったが、祖父は文句ひとつ言わず罰を受け入れて、娘を男手ひとつで育て上げた。

幼い頃から可愛らしかった娘は年頃になると花が咲きほころぶような美人になり、親が許さないから嫁にもらうことはできないが、婿になら入ってもいいという求婚者が何人も現れた。娘はその中のひとり、子どもの頃からずっと思いを寄せていた男の申し出を受け入れた。しかし、結ばれることはなかった。

娘は婚礼を挙げる前の日に行方不明になり、三月近くも経ってから戻ってきた。誰のものとも分からない子を身籠もって。心は砕け壊れて、そのまま二度と正気に戻ることはなかった。婿入りを約束していた男も、三月にもわたって別の男に抱かれ、純潔も清楚さも正気も失った女を娶る気にはなれなかったのか、娘との約束は反故にして別の女と夫婦《めおと》になった。

カイナはそのとき娘が身籠もっていた子どもだ。父親は分からない。

祖父は娘を攫って三月近くも監禁して弄んだあげく、捨てた人間が誰なのか薄々分かっていたようだ。カイナが八歳になったとき、厳しい暮らしで心身ともに弱り果てた母が亡くなると、鉈を持ってふらりと家を出て行き、そして遺体になって戻ってきた。

ボロボロになった祖父の亡骸《なきがら》を引きずるように運んできたのは、邑長のところの下男たちだ。彼らの口から飛び出た文句と罵声から、カイナはおぼろげながら事情を察した。

祖父は『娘の敵!』と叫びながら鉈を振り上げ、先年邑長を継いだばかりの長男に襲いかかったが、左手の指を二本落としただけで命は奪えず返り討ちに遭ったらしい。

八歳のカイナひとりでは祖父の遺体を運ぶことすらできない。邑八分でも、本来なら葬儀だけは邑人が手伝ってくれる。しかし今回は邑長に怪我を負わせたということで、誰ひとり手を貸してくれる者がいなかった。カイナは下男たちが祖父を投げ捨てたすぐ横に、たったひとりで丸二日かけて墓穴を掘り、泣きながら遺体を埋めて花を供えた。カイナの家は、元々邑の集落からはだいぶ離れた場所にぽつんと建てられている。家のすぐ横に墓ができても嫌がる人間はいない。

この時カイナは、邑には頼れる人間は誰ひとりいないことを思い知り、強く心に刻みつけた。

手向《たむ》けの言葉ひとつない弔《とむら》いが終わり、無人の家に入って土間で膝を抱えていると、突然邑長の下男たちが現れて、カイナは連れ去られてしまった。

その日から七年間、ずっと邑長の家の下働きとしてこき使われて成長した。

朝から晩まで働き通し。水汲み、薪取り、薪割り、火の番、風呂掃除、庭掃除、厠掃除、荷物運び、履き物の手入れ。ありとあらゆる雑事や仕事を命じられ押しつけられて、自分のための時間などほとんどなかった。日々の仕事がどれほど過酷でも、子どものカイナが邑から逃げ出して独りで生きていくことは不可能。自然の恵みだけで人が生きていけた豊潤な神話時代は、はるか昔に終わりを告げている。人は群《む》れなければ生きていけない。

邑から逃げ出しても野垂れ死ぬだけ。そんなことは嫌というほど分かっていたのに、カイナが邑を出る決意をしたのは、野垂れ死んだほうがましだと思う扱いを受けるようになったからだ。

母の面影を宿したカイナは、美しいとまでは言えないが男にしては整った顔立ちだったため、十二歳を過ぎた頃から邑長の長男ハヤトに目をつけられ、無理やり関係を強いられるようになった。

もしかしたら自分の異母兄かもしれない男に抱かれる。最初は嫌で嫌でたまらなかったが、慣れてしまえば水汲みや薪運びよりはよほど楽だし、事後はわずかな間とはいえ、やわらかな布団の上で身体を休めることができたから、カイナは次第にハヤトとの関係に馴染んでいった。何よりも、床の中のハヤトはびっくりするくらいやさしく、時々甘い菓子をくれたりもしたからだ。

記憶にある限り、祖父の他にこれほどカイナのことを大切に扱ってくれた人はいなかった。たぶん自分で思うより愛情に餓えていたのだろう。男の性欲に奉仕する代償としてではあったけれど、やさしくしてもらえるという初めての経験に、カイナは祖父の墓をひとりで掘った日の胸の痛みを忘れ、ハヤトに気を許してしまった。

情らしきものが芽生え、身体を繋げるたびに耳朶に注がれる睦言を信じて、ハヤトに頼り甘える気持ちが生まれる。けれどそんなささやかな幸せも長くは続かなかった。

ハヤトの寝床を温めるようになって三年が過ぎた頃、彼の留守中に現れたハヤトの友人ふたりに無理やり犯された。カイナは必死に抵抗したが、体力が違いすぎるうえ二対一ではどうしようもなかった。さんざん弄ばれ、いいように嬲られ尽くしたあと、カイナはようやく戻ってきたハヤトにふたりの暴虐を訴えて助けを求めたが、ハヤトは冷めた目でカイナを見つめ、友人たちの言う通りにしろと命じたのだった。

『残念だったな。ハヤトは許婚《いいなずけ》ができたから、おまえのことが邪魔になったのさ。だから代わりに俺たちがもらってやるんだ。ありがたく思えよ』

下卑た声で嗤《わら》う友人たちの言葉に、カイナは自分で思うより深く傷ついた。

――…裏切られた。

たったひとりで祖父の墓穴を掘ったとき、この邑には頼れる人間は誰もいない、誰にも頼ったり信じたりしないと己に言い聞かせ、強く深く胸に刻んだはずなのに、ハヤトと肌を重ねているうちに、うっかり戒めを忘れていたらしい。

友人たちの言葉通り、ハヤトは隣邑からやってきた美しい許婚に夢中になり、カイナのことなど見向きもしなくなった。代わりにハヤトの友人やそのまた友人といった、未婚で性欲を持て余した若い男たちが、好き勝手に弄んでも誰からも文句を言われない、都合のいい玩具としてカイナを利用しはじめた。

カイナはそんな扱いに耐えきれず、可能な限り準備をしたうえで邑を出た。

春に邑を逃げ出して、秋口までは山中を転々としながら狩りと山菜でなんとか生き延びることができた。朝晩の冷え込みがきつくなって木々が色づきはじめると、カイナは冬の訪れに備えて荷物をまとめ、寒さをしのげる洞窟か木の洞《うろ》を捜しはじめた。そして、ひと冬を越すために必要な毛皮や干し肉、木の実、乾菜などをつめた荷物を盗まれたのは、ほんの数日前のことだ。

経緯は単純。行き倒れていた男を見つけ、止せばいいのに我が身に置き換えて同情し、助けてやったのが運の尽き。男は最初からカイナの荷物が目的で近づいてきた流れ者だった。

衰弱しきった（ふりをした）男が眠っている間にと、水浴びをした隙を狙われ、荷物も道具も一切合切《いっさいがっさい》盗んで逃げられた。あとに残ったのは単衣《ひとえ》の着物一枚。このままでは冬の到来と同時に凍死してしまう。

――人など、もう二度と信じるものか！　助けるものか…ッ！

群れからはぐれた者同士、助け合って生きていけるかもしれない。到来する冬の脅威にひとりで立ち向かう不安。誰かと一緒に生きていけたら…。そういう自分の弱さが招いた窮地だ。

カイナは己の馬鹿さ加減を心底呪《のろ》いながら、必死に卑怯な男を追いかけた。

男を捜すのに夢中になるあまり、縄張り意識の強い山ノ民の領域に入り込んだことに気づくのが遅れた。ふと我に返ると、自分もまた領界を侵した者として追われる立場になっていた。

荷物を盗んだ男は見つかったが、カイナが見つけたとき、すでに山ノ民に捕まって嬲り殺しになっていた。カイナはその様子を茂みの陰で震えながら盗み見るしかなかった。なんとか荷物だけは取り戻せないかと悩んだが、すぐに見つかってしまい、それどころではなくなった。カイナひとりに対して追っ手は十人以上。とても太刀打ちできない。

逃げろ、逃げろ、走って逃げろ……！

尾根を上り、谷を下り、沢を渡ってカイナは逃げ続けた。山をふたつ越えて縄張りを抜けても山ノ民はあきらめず、どこまでも追いかけてくる。すでに目的は、領界を侵した者への制裁というより、狩人が獲物を追いつめる楽しさに変わっているようだった。

カイナは走り、隠れ、逃げ続けた。

けれどそれももう限界に近い。足が痛い、腕が痛い、喉は干上がり心の臓も張り裂けそうだ。裸足で走り続けた足裏はすでに感覚がなくなり、脛《すね》や腕は荊《いばら》や鋭い葉で傷だらけ。三日間、口にしたのは沢の水だけ。追っ手から逃れられたところで、夏の間に蓄えた荷物がなければ冬は越せない。

――どうせ死ぬしかない…。

涙も涸れ果てた瞳で鈍色の空を仰ぐと、あきらめがひたひたと忍び寄る。心が萎えて朽ち果てそうになる。足の動きが鈍り、そのまま枯葉の上に倒れそうになったとき、ふいに追跡者の気配が消えるのを感じた。カイナは周囲の様子をぐるりと見まわし、自分が山ノ民ですら怖れる禁域に入り込んでいたことを知って愕然とした。

「……神来…山」

そこは、贄を求める怖ろしい神が棲《す》むという。

カイナが育った邑にも、決して無断で入り込んではいけないという古い言い伝えが残っていた。執念深いあの山ノ民が獲物をあきらめるくらいだ。なんらかの信憑性はあるのかもしれない。

けれど、今のカイナにはどうでもよかった。むしろ強欲で無情な人間ではなく、山の神に命を奪われたほうがよほどマシだと思えた。

「——贄…、贄になります。神来山の神よ、こんなオレの命でよかったら、差しあげます。その代わり、どうか安らかな死を与えてください。それ以外はもう何も望みません。何も……」

カイナは弱りきってほとんど感覚のなくなった身体を枯れ葉の上に横たえ、痩せて傷だらけになった両手を天に向かって差し出した。

「……贄として、オレの命を捧げます。だからどうか、安らかな死を…」

与えてくださいと心の底から願いながら、カイナは震える両手を天に差し出して目を閉じた。

人の世に絶望して、すべてをあきらめて。

目覚める前に夢を見ていた。子どもの頃家で飼っていた、小さな黒い猫の夢。鼠をたくさん捕って、貴重な食べ物を守ってくれた賢いクロ。冬の寒い夜、クロはいつもカイナの傍に来て布団に入れてくれと頬を舐めた。吹きつけられる小さな吐息と髭が当たるこそばゆさ。寝惚けながら微笑んでカイナが布団を持ち上げてやると、クロはするりと入り込み、ふたりは暖を分け合って眠ったものだった。

「クロ…」

頬に当たる吐息と髭の感触の懐かしさに、ふわりと微笑んでつぶやくと、抗議するような「ぐるる…」という呻り声が聞こえて、意識が少しはっきりする。まばたきを何度かくり返して、ようやくぼんやり映った視界の向こうに、巨大な猫がいた。

「クロ…。よかっ…、生きて…た……」

カイナは喜びのあまり涙ぐみ、艶やかな黒い毛並みにしがみついて顔を埋めた。

あとから冷静になって考えればおかしいと分かるのに、カイナはこのとき、目の前に現れた巨大な黒い獣をクロの生まれ代わりだと信じて疑わなかった。カイナが邑を出る前に、自ら姿を消した、おそらく老衰で寿命を迎えただろう、あの黒猫の。

「ぐぅるるる…」

しばらくして、巨大化したクロが示した果実の山に驚きながら、一番心惹かれた艶やかな葡萄を手に取ると、突然クロがごろごろと満足気に喉を鳴らしはじめた。それに安心して大きな葡萄の実を口に含むと、生まれて初めて味わう甘さに身体中が震えた。石のように重く冷えていた身体の節々に、温かな光のように滋養が広がってゆく。痛みが和らいでほっと吐息を洩らすと、クロが何か言いたげに「ぐるるぅる」と小さな呻り声を上げる。

カイナはてっきり「自分にも食べさせろ」という意味だと思い、手の中の房を半分にして差し出した。けれど巨大化したクロは「違う」と言いたげに鼻先でカイナの手を押し戻し、もっと食べろと言わんばかりに、脇にあった山盛り果実を銜えてカイナの膝上に次々と置きはじめた。

「クロ…、全部オレが食べていいの？」

「ぐぁるる」

クロは喉奥で鳴いてうなずく仕草をした。カイナの言葉を正確に理解してるとしか思えない。それを不思議だとも思わず、相手が巨大化した黒猫ではなく猛獣の黒豹だと気づくこともなく、ましてや山を護る神獣だなどとは夢にも思わず、カイナは素直に甘い果実を食べ続けた。

そのままいつの間にか眠りに落ちて、次に目を覚ますと、視界がずいぶんはっきり映るようになっていた。身体も驚くほど軽くなっている。カイナの中に、ようやくまわりの様子を確認する余裕が生まれた。

自分が眠っていたのは雲のようにやわらかな寝台の上。ハヤトの家で使ったことのある綿入り布団より、何倍も厚くてやわらかくていい匂いがする。次に、そっと身を起こして周囲をぐるりと見まわして、その美しさに息を呑む。澄んだ清水越しに見る風景のように、何もかもがきらきらと輝いている。小鳥のさえずり、どこかで水が流れる清らかな音。飛び交う羽虫ですら神々しい。頭上を仰げば、立派な大木の梢とそこから射し込む千条の木漏れ日。地上に視線を戻すと、みっしり生えそろった艶やかな緑の芝生と、淡い色合いの可憐な花々。吸い込む空気は甘くさわやかで、息をするだけで力が湧いてくる気がした。

「……あの世？」

自分は死んで、あの世に来たのだろうか。それならこの神々しさも納得できる。

けれど視線を落として我が身を見ると、相変わらずボロボロのまま。手足の傷もそのままだし、かなり和らいだとはいえ疼くような痛みは残っている。

カイナはそろりと膝を立てて起き上がろうとした。とたんによろめいて無様に倒れ、萎えた両手では自分をささえきれず、寝台から転がり落ちてしまった。

「ぁ…ッ、痛っ……」

痛さに呻いて身をよじると、近くでがさりと茂みをかき分ける音がした。顔を上げると、芝生を踏み分けて巨大化した黒猫――クロが近づいてくる。

「クロ！」

名を呼んで笑いかけると、「ぐぁるるっ」と少し苛ついたようなうなり声を返された。そのまま有無を言わさぬ強引さで腰のあたりを巨大な口でがぶりと咥えられたけど、不思議なことに恐くなかった。悲鳴も上げず抵抗もせず大人しくしていると、そのまま猫の子でも運ぶように、寝台の上に連れ戻される。

「ゔぅうるる…」

喉というより鼻の奥から搾り出したうなり声は怒っているように聞こえるけれど、これはそそっかしいカイナに対する抗議であり、心配しているからだと分かる。

「ありがとう、クロ。ちょっとふらついて、転がり落ちただけ。そんなに怒らないでよ」

「ぐ、ぐ、ぐぅ」

歯ぎしりするような声を上げるクロの頭に手を伸ばし、大きな額から後頭部にかけて撫でてみる。見た目通りクロの毛並はやわらかく艶やかで、指先が蕩けてしまいそうだ。

カイナは思わず身を寄せて、クロの首筋に顔を埋めた。そのまま両手で巨大な獣の首筋にすがりつき、首から肩にかけてそっと撫で下ろす。こうすると、小さなクロはうっとりして喉を鳴らしたものだった。頭の後ろで、大きなクロが「フン…」と溜息を吐くのが聞こえた。けれど嫌がって身をよじったり振り払ったりする様子はなく、カイナの好きにさせてくれる。

しばらくそうやってしなやかな毛並みを味わっていると、何かを軽く叩く音が聞こえてきてカイナは目を開けた。視線の先で、長くて艶やかなクロの尻尾が焦れったそうに、パタン、パタンと左右に揺れていた。

水入らず

「最近、黛嵐の姿をあまり見かけないけど、どうしてるんだろう。またどこか遠くまで哨戒に出かけてるの？」

「おまえを抱くときは、互いにあまり姿を見せないという取り決めにしたんだ。だから私がおまえと過ごすとき、黛嵐はお気に入りの隠れ処で気ままに過ごしてる」

「それは…」

「ソラ、おまえは何も気にしなくていい」

でも…と続いた抗議の声は、唇同士が触れ合う濡れた音で途切れた。そのままふたり分の甘やかで忙しない吐息が聞こえはじめたのを機に、黛嵐は意図せず珀焰とソラの会話を立ち聞きすることになった木陰から遠ざかり、珀焰の言う〝お気に入りの隠れ処〟に戻りはじめた。

胡狼《ジャッカル》たちとの一件以降、新たな取り決めによって、ソラと過ごすのはそれぞれひとりずつ、三日ごとに交替でということになった。一日交替では忙しなくてソラが落ち着かないと珀焰が主張し、四日以上では長すぎて精気が足りなくなる。

珀焰と互いに相手が誰よりも大切だと認め合って以降も、ソラは贄として誠実に黛嵐の相手を務めているし、珀焰も決して独占欲を表すようなことはしない。けれど一度だけ、ふたりが別れを惜しむ場面に行き当たったことがある。時を惜しんで抱き合い、三日後の再会を誓って唇接《くちづ》けを交わす姿を目にして以来、黛嵐はなんとなく自分が恋人同士の邪魔をする気の利かない間男になったような、複雑な気分を持て余している。

これまで何十人もの贄を共有してきたが、一度もこんな気持ちになったことはなかった。珀焔など、自分よりずっと淡泊で素っ気ない態度を貫いていて、贄はあくまで精気を補うための存在に過ぎないと、冷淡に突き放して接していたくらいなのに。

「やはり八百年前の天変地異で、俺たちの性質にも変化が起きたということか…」

理由を探ったところで、ソラが珀焔と同じ強さで自分を想うようになるわけでもない。

頭では納得していても、日を重ねるごとにふたりの仲睦まじい姿を見るのが辛くなっている。

——俺が過去に贄と仲良くなったときも、珀焔はこんな気持ちになったのだろうか…？

だからいつも素っ気なく、贄など餌でしかないという態度を崩さなかったのか？

「…いや、あいつの場合は本当に興味がなかったんだろうな」

自分もそれくらい割り切って考えられたらよかったのに…と、黛嵐は溜息を落とした。

ソラが自分より珀焔に惹かれていることは最初から分かっていた。それでもソラが可愛かったし、愛しかった。その気持ちはソラが珀焔を伴侶に選んだ今でも変わらない。

抱きしめれば可愛いし、やさしくしたいし、笑顔を見れば嬉しい。その半面、ソラの意識と視線が珀焔に向けられるのを目の当たりにすると苦しくて辛かった。それでも、ソラが幸せになれるなら、自分の気持ちはとりあえず横に置いて、ソラの負担がなるべく少なくてすむよう、心地よく過ごせるようにと、それを第一に考えてきたけれど――。

珀焔に嫉妬するほど狭量ではないが、一抹の疎外感と寂しさを感じるのはどうしようもない。

最近はなんとなく身の置きどころがない気がして、精気を摂取するために交合するとき以外は、ソラに近づくのは止めようと心に決めた。その矢先だった。あの少年を見つけたのは。

彼を拾ったときに考えついた通り、世話をしてやることがいい気晴らしになっている。

少年がなんとなくソラに似ているという事実も、胸に空いた穴をふさいぐのにちょうどいい気がする。問題は心話が通じず、会話ができないということだ。人型にもなれないので、もっと細やかに世話を焼いてやりたいのにできないのも不満だった。見つけた時点でほとんど衰弱死間際の状態だったため、ソラのときのように手っ取り早く情を交わしてしまうこともできなかった。

――しかしまあ、そろそろ大丈夫だろう。

拾った日から今日で三日目。毎日せっせと神果を運んで食べさせ、眠っている間に身体中を舐めて傷を癒してやったから、そろそろ歩けるようになってるはずだ。

今日もたわわに実った様々な果実を銜えて、黛嵐がいそいそと隠れ処の茂みをかき分けると、待ちかねたような表情で少年が駆け寄ってきた。多少ふらついてはいるものの、きちんと自分の足で動けるようになったようだ。

「クロ！」

『俺の名前はクロじゃない。黛嵐だ』

思わず半眼になり、もう何度目になるか分からない訂正をしながら、首筋に抱きついて離れようとしない少年の横に果実を置く。少年の気がすむまでひとしきり好きにさせてから、「ぐるる…」とうなって食事をうながすと、少年は素直に顔を上げ、けれど黛嵐にぴたりと寄り添ったまま、芝生に腰を下ろして果実の山に手をつけた。最初は必ず葡萄から。

それを見るたび、くすぐったいような、小さな満足感がこみ上げて思わず喉が鳴ってしまう。

黛嵐の視線に気づいた少年が、はにかんだ笑みを浮かべる。

「一番好きなものは、最初に食べるようにしてるんだ」

他意のないささやき。こんな些細な言葉ひとつで、驚くほどの温もりが胸奥に広がり、喜ぶ自分はおかしいと思う。けれど少年への好ましさが増すのを否定するつもりはない。

『君の名前は？』

名前が知りたい。なぜだかふいに、強くそう思う。けれど少年に黛嵐の心話は聞こえない。

――焦れったい。

歩けるくらい体力が戻ったなら、手荒にしなければたぶん大丈夫だろう。

黛嵐は心を決めて、少年が食事を終えるのを待って泉に誘った。

「なに、どこに行くの？」

最初に着物の裾を銜えて軽く引っぱると、あとは察しよくついてくる。まだ少し足許がふらついているので横に寄り添ってやると、やはりこちらの意図を理解して杖代わりに肩に手を置く。

頭は悪くない。心根もいい。容姿は…、とりあえず水浴びさせて、着替えさせたら少しはマシになるだろう。ソラも最初はガリガリの痩せっぽちで、貧相で、見栄えは良くなかったが、自分たちに愛されるうちに見違えるほど美しくなった。

――まあ、過剰な期待は禁物だが。どうせ正式な贄ではないのだし。

黛嵐は奇妙に浮き立つ己を戒めつつ、たどりついた泉に率先して身を沈め、少年があとに続くようふり返った。

「水浴びするの？　ちょっと待って」

少年はボロボロの服を脱いで丁寧に畳むと、足の先からそろりと水に入ってきた。

「あ、そんなに冷たくない…っていうか、温《あった》かいや」

五色の泉ほどではないが、ここの水も軽やかで癒しの効果がある。

泉水の心地よさに気づいたとたん、少年は緊張を解いて肩まで水に浸り、手のひらで首筋や腕、胸を洗おうとした。黛嵐がスイ…と泳いで岸に戻り、叢に置いてあった束子《たわし》を銜えて見せると、素直に受け取って使いはじめる。束子といっても、絹糸のように細くしなやかな植物の繊維を編んで束ねたものだから、肌を傷つけることなく汚れだけ落とすことができる。

治りきらない傷を避けて全身の汚れを落とし、髪まで洗い終わると、少年は岸に上がろうとせず、なぜかそばで見守っていた黛嵐に近づいて抱きついた。

「ぐぅぁる⁉」

何をするんだと、思わずうなり声を上げると、少年は子どもに言い聞かせるような口調で、

「クロも洗ってあげる。痛くしないから大人しくしてて」

などと、とんでもないことを言いながらほがらかに笑う。怖いもの知らずと言うべきか、気を許している証拠なのか。少年の物怖じしなさに呆れつつ黛嵐は好きにさせた。

少年の触り方はなかなか悪くない。――いや、正直に言えば心地いい。

まだあまり力が入らないせいか、もの足りない部分もあるが、もう少し元気になってから思いきり撫でてもらえば、かなり満足できると思う。こちらが次にどこに触れてほしいか、どのくらいの強さで揉んでほしいか、心を読んでいるかのような的確さで触れてくる。だからつい、

「気持ちいい？」

訊かれて無意識にまぶたを閉じ、満足の吐息を洩らしてしまった。

そのまま「ぐぅるぐぅる」と歌うように喉奥を鳴らしていると、少年は「ふふっ」と笑って黛嵐の大きな顔を細い両手で挟み、そっと仰向かせて鼻先にちゅ…と唇接けた。

「ぐ…」

驚いて思わず喉鳴りが止まる。目を開けてまじまじと雀斑が浮いた少年の顔を見返すと、濡れた手のひらで額を撫でられ、そこにも唇が重なった。鼻先には少年の痩せた胸板。薄い色の乳首が、水に濡れて光っている。

その瞬間。

黛嵐の中でゴトリと何かが動いた気がした。重石をしていた蓋が押し上げられて、中から何かがあふれ出たような――。あふれ出たものの正体を、自分はよく知っている。

同時に決意がひとつ、胸に生まれる。それが命じるまま黛嵐は少年を岸に誘《いざな》った。

先にやわらかな芝生が広がる岸に上がって思いきり身震いすると、無数に飛び散った水滴が、陽射しを反射して虹色に光る。続いて岸に上がった少年は、輝く水しぶきを眩しそうに見つめながら、よろけて倒れ込んだ。

『大丈夫か？　少し長く水に浸かりすぎたようだな』

思わず声をかけても、少年には「ぐるるぅがぁる…」というなり声にしか聞こえない。

それでもこちらの気持ちはきちんと通じているから、答えはかみ合っている。

「ちょ…と待って、少し疲れただけ。心配しなくても大丈夫。ちょっとここで休めば…」

少年はハァハァと息を乱して芝生に横たわり、黛嵐を心配させないよう微笑んで目を閉じた。

放っておけばこのまますぐに眠ってしまうだろう。裸でいても寒さを感じることはないが、できれば服を着せ、褥に連れ戻って抱きしめたい。口で銜えて連れ戻すことはできる。しかし獣の姿では服を着せてやることができない。

「……」

衰弱死寸前からまだ充分に回復しておらず、疲れて眠ろうとしている少年を抱くことに一瞬ためらいを覚えたのは事実。けれど人型になって、両手でこの少年を抱きしめたいという誘惑が優《まさ》った。

『介抱するにも世話を焼くにも、人型になったほうが便利だからな』

誰にともなく言い訳をしながら、黛嵐は寝息を立てはじめた少年にそっと近づいた。四肢で囲うように覆い被さり、無防備にさらされた首筋に鼻先を埋めて匂いを嗅ぐ。

泉の水で洗い清めたばかりなのに、かすかな穢れが残っている。正式の贄としてやってきた人間からは決してしない匂い。八カ月前からソラが身に帯びるようになったものとよく似た穢れ。

この少年は、すでに複数の男を知っている。

「ググぅ…」

黛嵐は鼻に皺を寄せて喉奥で小さくうなり声を上げた。しかし抱くのを止める気にはならない。禍津神の眷属胡狼たちに凌辱されたソラに比べれば、この程度の穢れは大したことではない。自分が一度抱けば一掃できる。

『ふん』

清らかな初物でないことは残念だが、こればかりは仕方ない。

黛嵐は少し凶暴な気分になりながら少年の首筋から耳元に向かって舐め上げ、さらに胸、腹、その下の性器へと舌を伸ばした。やわらかな先端を丸めて若茎をちゅくちゅく刺激すると、少年が身動いでわずかに目を開ける。

「ん…ぅん…う…なに…？」

陽射しが眩しいのか、腕で目元を一度覆ってから、我が身を見下ろして呆然とする。

「な…な、何…して…るの、クロ…！」

性器を舌で包んだまま顔を少し上げ、驚きのあまり言葉を失っている少年の瞳をじっと見返すと、少年は催眠術にかかったように動きを止めた。黛嵐はそのままぐっと身を進めて、少年の顔近くに口吻を寄せ、唇をべろりと舐めた。

「…っ」

少年がヒクリと息を呑む。かすかに開いた唇をもう一度舐める。さらにもう一度。そうしながら、後ろ肢を割り込ませて両脚を大きく拡げ、無防備にさらされた少年の性器に己の逸物を押しつけて蠢かせる。まだやわらかさの残る少年のそれと違って、黛嵐自身は獲物を狙う蛇のように固くそそり立ち、先端をひくつかせている。

「あ…ぁあ……」

男を知っているせいだろう。これだけで少年は自分の状況を理解したようだ。瞳が大きく見開かれ、嵐の夜の湖面のように小波立つ。次は身をひるがえして逃げ出そうとするはずだ。黛嵐は先手を取るため身を伏せて体重をかけ、さらに少年の肩を前肢をかけてがっちり押さえ込んだ。

ソラも初めてのときは、自分が犯されると分かったとたん悲鳴を上げて逃げ出そうとした。

同じ反応を覚悟して蹠球にぐっと力を込めた瞬間、少年はなぜか全身の力を抜いて、あきらめと、別の何かが混じった不思議な笑みを浮かべて黛嵐の首筋にすがりついた。

「――…おまえ、オレを抱きたいの？　いいよ…、クロがそうしたいなら、好きにしていい…」

首の後ろにまわった少年の手のひらが愛おしそうに上下して、髭を押し倒すように痩せた頬が重ねられる。

まさかこんな反応をされるとは思わなかった。

黛嵐はさすがに驚いて身を起こしかけたが、すぐに、相手が受け入れるつもりなら気が変わらないうちに抱いてしまおうと思い直す。協力的でいてくれるならそれに越したことはない。

これまで神来山に贄としてやってきた少年少女たちのうち、誰ひとりとして、獣身に抱かれる最初の交わりを怖れず、進んで受け入れた者などいない。

『おかしな人間だ…』

内心でひとりごちつつ、黛嵐は少年の身をひっくり返し、膝立ちさせて尻だけ高く掲げる姿勢を取らせた。それすらも少年は慣れた様子で受け入れる。おそらく、彼を抱いた男たちにそう仕込まれたのだろう。

そう考えた瞬間、胸の奥がざわめいた。自分より前にこの少年を抱いた男たちに対する怒り。

「グァルルル…ッ」

湧き上がった感情に突き動かされるまま、低い呻き声を立てながら、黛嵐は少年の背中を抱えるようにして身を重ね、先走りで濡れる逸物を後孔に押しつけた。

「あ…っ、待……、無理…ッ、いきなりは…――」

強引な挿入を怖れて少年の身体が強張る。黛嵐は緊張をほぐすように濡れた先端を窄まりにこすりつけ、腰を揺すってぬるぬると上下させた。何度かそれを続けていると、呼吸に合わせて窄まりがわずかにゆるみはじめる。そこを狙って先端を潜り込ませたとたん、少年の口から「ひゅっ」と息を呑む音が聞こえ、後孔がきゅっと締めつけられた。

『力を抜いたほうが、早く気持ちよくなれる』

心話で伝えても、相手に聞こえるのは「ゔるるぅ…」といううなり声だけ。首筋の鼻先を埋めてフッフッと息を吹きつけながら何度も腰を押しつけていると、少年の窄まりが少しずつゆるんで黛嵐を受け入れはじめた。ゆっくり少しずつ、途中何度か小刻みな抽挿を挟みつつ、黛嵐にしてみればかつてないほどの丁寧さで身を進める間、少年は両手を握ったり開いたりしながら、浅い呼吸をくり返して健気《けなげ》に受け入れ続けた。やがて、長大な黛嵐のものが三分の一ほど埋まったところで、少年が突然耐えかねたように弱音を吐く。

「も…無理、無理…それ以上…は…、そんな大きいの、無理……ッ」

まだ半分も入っていないのに大袈裟な。そう思いつつ、黛嵐は腰を揺すってさらに深く少年の中に身を埋めようとした。けれど三日前には死にかけていた少年の痩せ細った身体には、確かにこのあたりが限界らしい。

『仕方ない…』

三分の一ではじっくり堪能することもできないが、今日の目的はとにかく交わって人型を取れるようになることだ。黛嵐は少年の奥まで自身を埋めて存分に征服し尽くしたい衝動をこらえ、浅い場所で抜き挿しをくり返しはじめた。

「やっ…ぁ…ッ、ゃあ…、あぅ…っ、あ、ん…くっ…ぁん、あ…ぅ……」

少年は頭の上に投げ出した両手で芝生を握りしめながら、背後から黛嵐に突かれるたび小さな悲鳴を上げ続ける。その声が次第に弱まり、黛嵐が少年の内に神獣の精を迸らせたときには、ほとんど気絶しかけていた。

「ひ…ぅ…」

吐精したあともしばらく繋がったまま腰を蠢かせ、精気が充分に染みわたったと確信してからずるりと雄身を引き抜くと、大量に注ぎ込んだ精液がとろりと糸を引いてこぼれ落ちる。

珀焔なら「もったいない。しっかり口を閉じてこぼすな」と文句を言いそうなところだが、衰弱して意識を失いかけている少年に対して、黛嵐はそこまで厳しい要求はできない。

――もったいないのは事実なんだけどな…。

神である自分たちの体液には、神果の何十倍も身を養う精髄が含まれている。それを教えてやるためには、神獣と贄の絆《きずな》を最後まできちんと結んで、心話なり人型になって会話を交わすなりできるようになる必要がある。

黛嵐は朦朧としている少年の顔色と息づかいを確認してから、わずかに汗ばんだ肌の匂いをかぎつつ下肢まで鼻先を移動させ、後孔への刺激で半勃ちの性器に舌先を巻きつけた。そのままあらん限りの技巧を尽くして幼さの残る若茎を育てて吐精に導く。

「ぅ…」

やがて小さな溜息とともに少年の腰がひくん…と跳ねて、黛嵐の舌に味の薄い蜜が広がる。黛嵐の精をその身に受けた時点で、過去に交わった男たちからの穢れは祓われている。嚥下した少年の蜜はまだ甘みがほとんどなく精気にも乏《とぼ》しいが、もっと健康になり、何度も情を交わすうちに色濃く香り高くなってゆくだろう。

通常の手順を踏まず神域に入り込んだ人間だからどうなるかと心配だったが、無事に贄としての役目を果たせそうなことに安堵して息を吐く。そうしてぐっと背筋を伸ばし、獣型から人型へと変化した。

「やれやれ…」

ようやく少年を両手で抱きしめられる。

黛嵐は癖のある豊かな黒髪をかき上げてから、完全に意識を失ってしまった少年を抱き上げた。贄としての絆が結ばれたせいか、浅くか弱い吐息の中に、彼が生き抜いてきた悲しい過去が垣間見える。――いや、嗅ぎ分けられたと言うべきか。母の悲劇、祖父の悲憤、冷たくよそよそしい邑人たち、そして異母兄から受けた仕打ち。

「可哀想に……」

そう長くはない半生で味わい尽くしてきた悲しみを吸い取ってやるように、黛嵐はそっと額に唇接けて、大樹下の褥に運びはじめた。あまり揺らさないよう、静かに、やさしく。

☙ 仲違《なかたが》い ☙

やさしく賢い黒豹に性交を求められたとき、驚きはしたけれど嫌悪は感じなかった。

卑劣なハヤトや邑の男たちに強いられたことを思えば、獣に求められたほうが百倍マシ。

そんなことを思いながら、カイナはぼんやりと目を覚ました。そのとたん目の前にある逞しい男の胸板に気づいてヒクリと喉が鳴り、撥条《バネ》で弾かれたように飛び退いた。

「――だ、誰…っ!?」

うわずった声で誰何《すいか》しながら、雲のようにやわらかな褥を蹴り立てて芝生に転がり落ちる。一緒に新鮮な果実がいくつも落ちて腕や手に当たった。背後で褥がギシリと鳴ってあわててふり向くと、金粉を混ぜたような褐色の肌の持ち主が、ゆるく波打つ豊かな黒髪をかき上げながら、ゆっくり身を起こしてカイナを見下ろしていた。

上半身は裸で、厚い胸板と広い肩、引きしまった腹部を惜しげもなくさらしている。下肢は、膝丈の腰布を数枚重ねて巻いた上から、無数の飾り緒が下がった帯を締めている。

夏の夜明けの空のように煌めく瞳は鮮やかな青。吸い込まれるような青い瞳をぴたりと向けられて、カイナは尻餅をついたまま後退《あとじさ》り、もう一度訊ねた。

「だ…誰…?」

「黛嵐だ。――君はクロと呼んでいたけどね」

男は笑いながら、しなやかな動きで身を乗り出してカイナに近づこうとする。

「こっちに来るなッ…!」

男の言うことがよく理解できない。カイナはさらに後退りながら、救いを求めてあたりを見まわした。

「ク、クロは…? クロはどこにいるの!?」

楽園みたいなこの場所で初めて目覚めたときから、眠りから覚めると必ず傍にいてくれた。少し強引だけど、とてもやさしいあの獣以外、もう誰も信じたりしないと心に決めた。

「クロはどこ!? オレはあんたなんか知らない! 寄るな…ッ」

男は寝台の端にたどりつくと、足を下ろして腕を伸ばしてきた。カイナはその指先から少しでも離れたくて、捕まりたくなくて、必死に地面を探る。最初に指先に当たった葡萄は無意識に避け、次に触った丸い実をつかんで思いきり投げつけた。とにかく男の接近を阻みたい一心で。

「傍に寄るなったら…!」

ビシャッという音とともに、あたりに場違いな甘い香りが広がる。

力いっぱい投げつけた桃の実は、隆と盛り上がった男の肩に当たって潰れて落ちた。

避けようと思えば簡単に避けられたはず。それなのに、なぜか男はカイナの怒りと怯えをわざと身に受けた、――ように思えた。

「あ…」

男は悲しげにまぶたを伏せ、肩に残った桃の残骸を指先で払ってから静かに顔を上げる。その瞳に傷ついた影が過ぎったことに気づいて、カイナはぐっと息を呑んだ。

「だ…、だって…クロが、オレはクロを…」

自分が何を言っているのか分からなくなり、瞬く間に後悔で胸が埋め尽くされてゆく。

「……ごめんなさい」

ひどいことをしてごめんなさいと謝っても、混乱は収まらない。むしろよけい心がざわめいた。

「クロ…助けて……」

膝を抱えて歯を食いしばり、うつむいて涙をこらえていると、頭上に影が落ちて肩に男の手が触れた。ビクリと身を震わせて顔を上げると、男は苦笑しながら手を引いて肩をすくめる。

「だから俺が、そのクロだと言ってるだろう。少し落ちついて、俺の姿をよく見てくれ」

ぐずる赤子をあやすような声音に、カイナは渋々と、嫌悪でこれ以上ないほど眉間に深く皺を寄せながら男を見上げた。

「いいか。昨日泉で君を抱いた黒豹が俺の本性だ。そして、この姿は」

黛嵐と名乗った男がそう言いながらゆるく頭を振ると、絹みたいに艶やかな黒髪の合間から、にょきっと豹の耳が立ち上がる。

「え…？　あ…！」

啞然とするカイナの目の前で男が上半身をひねると、今度は腰のつけ根からゆらりと長い尾が伸びてゆく。見間違うはずもない。クロの尻尾だ。

「嘘…、クロ…？」

「そう。だけどクロじゃなくて黛嵐だ。ちゃんと名前で呼んでくれ」

「…――」

耳が蕩けそうなほど甘い声で教えられても、素直に名前を呼ぶ気にはなれない。たとえそれが神のように美しく雄々しい姿でも。耳と尻尾があっても。人間の姿をしている男なんて大嫌いだ。

唇を強くひき結んできつく睨み上げると、黛嵐は苦笑しながら肩をすくめ、

「反応が逆だろう。普通は獣の姿を見て怯え、人の姿を見たら安心するはずなのに」

君は本当に変わってる。そう言いながらカイナに拒絶されて行き場をなくした両腕を広げた。

「まあいい。恐くて混乱したんだろう？　そういうのには慣れてるから気にしなくていい。こっちの姿に怯えられたのは初めてだけど。俺は別に君を取って食ったり、騙したり、ひどい目に遭わせたりするつもりはない。だからそんなに嫌がらないで受け入れてくれ」

一方的に避けられて物を投げつけられたのに、怒りもせず、やさしく請い願う低く甘い声に、カイナは初めて見るような心地で男の顔を見直した。

目が合うと微笑まれて、なぜか心の臓がきゅうと縮む心地がした。あわてて視線を逸らすと、小さな笑い声と同時に男の気配が遠ざかる。

「ちょうど、今日から三日間はあまり頻繁に来られなくなるから、気ままに過ごすといい」

「え……？」

「そんなに不安そうな顔をしなくても、一日一度は様子を見に来る」

「別に不安な顔なんて……」

「三日したら、またゆっくり過ごせる。それまでにこっちの姿にも慣れておいてくれ。ああ、それから、君の名前は？」

ついでのように訊かれて、別に隠す必要はないので素直に答える。

「……カイナ」

「カイナ。いい名前だ」

黛嵐は天を仰いで日の高さを確認すると、それだけ言い残して時を惜しむように立ち去った。

独り残されたカイナは、自分が寂しがっているのか安堵しているのか分からないまま、黛嵐が消えた茂みの向こうをしばらく見つめ続けることしかできなかった。


一日一度は様子を見に来ると言ったのに、それから三日間、黛嵐は一度も姿を見せなかった。

――いや。確かに様子は見に来ていたようだし、果実はいつも通り山盛り置かれていた。

けれどそれはいつもカイナが眠っている間のことで、起きているときは、まるでカイナを避けるように現れない。黛嵐が現れるまで目を覚ましていようと努力したけれど、体力が戻りきっていないせいか、すぐに眠くなってしまって駄目だった。

一日目は気にならなかった。二日目は気になったけれど考えないようにした。三日目には、自分が避けられていると確信してひどく落ち込んだ。食欲が落ちて、ひとりでいるのが寂しいと感じた。ここに来る前は半年以上、山で猟《りょう》をしながらずっとひとりで暮らしていたのに。

「変なの…」

やっぱり桃の実を投げつけたのがいけなかったんだろうか。当たり前だ。命を助けてもらっておいて、八つ当たりで怒りをぶつけるなんて最低じゃないか。

カイナは泉に面した斜面に腰を下ろし、折り曲げた膝を抱えてその上に顎を載せ、水面に映った午後の陽射しの眩しさに目を細めながら溜息をついた。

一昨日はまだ疲れやすくて動きまわる気になれなかったけれど、昨日と今日は食事がすむと褥から降りて周囲を調べるようになった。

カイナのような痩せっぽちなら十人は並んで寝られる広い褥の周囲には、それぞれ五歩ずつ程度の芝生が広がり、そのまわりを様々な種類の茂みが目隠しするようにぐるりと取り巻いている。根元までみっしり葉が茂った灌木は大人の背丈より少し高く、その向こうを垣間見ることはできない。かき分けて通り抜けようとしても、なぜか壁のように固い抵抗があって駄目だった。唯一通り抜けられたのはこの泉に至る通り道だけ。泉の周囲にも、別の場所へ通じるような道はない。

なんとなく『監禁』という言葉が思い浮かんだけれど、すぐに振り払った。

ここは明らかに人の世とは異なる。カイナが山ノ民から逃れて最後に意識を失ったとき、季節は冬になろうとしていた。それからいくらも経たずに目覚めたはずなのに、ここは晩春か初夏のような気候。それだけじゃない。生い茂る木や花は、カイナがいた世界では見たことがないほど生き生きと輝いて美しく、黛嵐が毎日運んできてくれる果実は神の食べ物のように美味だ。

「ここって、いったいどこなんだろう……」

クロも黛嵐も現れず放っておかれるようになって、ようやくそれを疑問に思う余裕が生まれた。

「……いつまで、ここにいられるんだろう」

こんなにも美しく豊かでおだやかな場所でクロと一緒に生きていけるなら、性欲の対象にされてもかまわない。

「ずっとここで生きていけたらいいのに」

カイナはぽそりとつぶやいて、己の身体を見下ろした。手足にあった無数の傷はほとんど治り、荒れてがさがさだった肌には、わずかだが水気と艶が生まれてきている。

身を包んでいるのは、とろりとした手触りの衣裳だ。素材はなんなのか見当もつかない。しっとりしているのに、まるで蜘蛛の糸で編んだように軽く、カイナが腕を動かしたり歩いたりするたびに音もなくひらめいて光に透ける。

多少艶が生まれたとはいえ日に焼けた肌と、痩せて筋張った棒のような手足にはまるで似合わない美しい衣服に気後れは感じたものの、他に着るものがないから仕方ない。

せめて清潔さだけは保たなければ。

カイナは麗々しい衣裳をするりと脱いできれいに畳むと、泉に入って身体を洗いはじめた。

三日目、はじめてここに連れてこられたとき使った束子は、岸辺の一画に敷かれた平石の上に置いてあった。平石の上には他にも、花の香りがする精油が入ったきれいな硝子瓶や、甘い香りのする膏薬がつまった陶器製の丸い蓋付器などがあったが、カイナは束子だけ使わせてもらって水から上がった。

身体を乾かす間、岸辺をぐるりと歩いてみたけれど他の場所へ通じるような道はない。代わりに、群生している花の根元に、三日前まで自分が着ていた着物が脱ぎ捨てられていたのを見つけた。神の庭のように美しい風景に慣れた目には雑巾よりもひどい襤褸《ぼろ》に映ったけれど、もしもここから追い出されたり、逃げ出さなければならなくなったとき、唯一身につけられるものだ。大切にしなければ。元の世界に戻ったとき、こんな蜻蛉の羽根のような衣裳を身につけていたら、三歩も進まないうちに追い剝ぎに遭い、命と一緒に奪われてしまうのがオチ。

「これは洗ってしまっておこう」

元いた世界に未練はないし、戻りたいとも思わないけれど、この場所にいつまでもいられると楽観することもできない。我が身に起きた幸運を無邪気に喜んでいられるほど、カイナの半生は恵まれたものではなかったから。


その日の夜も黛嵐は現れず、カイナは独りで寂しく褥に身を丸めた。

翌朝。茂みがごそごそとざわめく音に飛び起きると、寝台から降りるより早く黒豹姿の黛嵐が口にたくさんの果実を銜えて現れたところだった。

「クロ！」

カイナは嬉しさのあまり、跳ねるように寝台を駆け下りて黒豹に抱きついた。

『クロじゃない。俺の名は黛嵐だ』という言葉が頭の中で響く。同時に、黒豹の喉奥からは「ぐうぐ…」という不満そうなうなり声が聞こえる。

「えぁ？」

カイナは黒豹の首筋に抱きついたまま顔を上げた。

『君にクロ呼ばわりされてるところをあいつに聞かれたら何て言われるか――。まあそれはともかく、君が〝クロ〟をとても大切に想っていたことは分かったけど、いつまでも自分と違う名で呼ばれるのは少々切ないんだが』

「頭の中で声が聞こえる…！」

カイナは黒豹の首から腕を解いて、まじまじと顔を覗き込んだ。

『……そう。君は俺の贄として認められたから、心話が通じるようになったんだ』

黛嵐は腰を下ろし、きちんと前肢をそろえて地面に座った。そうすると、まるで名工が彫った神像のような雰囲気が漂う。

「贄……って？」

眉根を寄せてカイナがさらに訊ねると、黛嵐は簡単に説明してくれた。

『ここは神来山と呼ばれる神域で、俺たちはこのあたり一帯を守護する神獣だ』

本性は獣だが人の姿にもなる。百年に一度の割合で人界から贄を捧げられ、代わりに守護と繁栄を与える。

『とはいえ、つい最近まで長い眠りについていたから、その間に下界はずいぶんと荒れてしまったみたいだけどな。贄の風習もすたれてしまったようだから、君が知らないのも無理はない』

「知ってる……。少しだけなら。神来山は、怖ろしい神が棲む山。無断で立ち入った者は容赦なく命を奪われるって」

『命を奪ってきたのは俺たちじゃない。俺たちが眠っている間のさばってた胡狼たちだ。俺たちは山に人が迷い込んだら、まあ少しくらいはからかって遊んだりしたけど、ちゃんと家に戻してやってた』

黒々と濡れた豹の鼻から「ふぅ」と溜息が洩れる。

流れる水のように艶やかな黒い毛並みに包まれた獣の姿を見ていると、どうしても自然に手が伸びて触ってしまう。手を伸ばし、わずかに皺が寄った眉間から額を何度か撫でてやると、気持ちよさそうに目を細めてぐぅぐぅと喉を鳴らしはじめる。

「ふふ。クロはここを触られるのが好きなんだね」

調子に乗って顎裏も撫でようとしたとたん、ぬっと立ち上がった黒豹に芝生に押し倒されて、いきり立った逸物ごと腰を押しつけられた。

「クロ…」

またするの？　と目で問うと、『クロじゃない、黛嵐だ』少し怒った口調が頭の中で響く。

「黛嵐」

人の姿にならなければ、その名で呼びかけるのは嫌じゃない。

「黛嵐…」

もう一度その名を口にすると、黒豹は口角を上げて嬉しそうに笑った。そのまま首筋に鼻面を突っ込まれ、食われる勢いで舐められながら爪を隠した大きな前肢で薄い衣裳を剝ぎ取られる。露わになった胸を大きな舌で舐められたとたん、喉がきゅぅと締まって息苦しくなった。心の臓が痛いほど暴れはじめて、獣の性器を押しつけられた自分自身が熱くなる。また抱かれるんだと思ったとたん、獣に犯された前回の記憶がよみがえり、全身がじわりと汗ばんでゆく。

『この前より、もっと気持ちよくしてやる』

脳裏で響く黛嵐の声が、欲悦への期待を否応なく高める。自分の中にこんな淫靡で貪欲な部分があったことに驚きながら、カイナは両脚を大きく拡げて黒豹の欲望を受け入れた。

自分で膝裏を抱えて正面から一度。それから初めてのときと同じ、後背位で一回。その日はそこで意識が途切れて終わりになった。

翌日もその翌日も、獣姿の黛嵐に抱かれた。黛嵐は何度か人の姿で抱こうとしたけれど、カイナが嫌がると無理強いはしなかった。合間に泉で水浴びをしたり、瑞々しい果実で腹を満たして眠ったりしながら三日間、朝から晩まで交わり合って過ごした。

片時も離れないで過ごした三日が終わると、次の三日間、黛嵐はあまり姿を見せなくなる。日に一度だけ、食事の果実を携えて様子を見に来るだけで、すぐにどこかへ行ってしまう。そしてまた三日間は朝から晩まで抱き合って過ごす。

黛嵐の留守中、泉で水浴びをしているときに一度だけ、向こう岸の茂みが揺れたことがある。黛嵐かと思って声をかけたけれど、それきりなんの反応もなかった。泉の水を飲みにきた鹿とか狐だったのかもしれない。

黛嵐は時々、寝惚けてカイナのことを『ソラ』と呼んだ。愛おしそうに、大切な宝物のように。カイナはそれに気づかないふりをした。肌を重ねて眠りながら寝言で出る名前だ。誰のことかと聞くまでもない。たぶん、黛嵐には自分以外にも抱く相手がいるのだろう。その人物は、人の姿の黛嵐を好んでいるのだろうか。だから黛嵐はカイナにも人の姿を受け入れてくれと迫るのだろうか。

自分が黛嵐に助けてもらった理由が分かった気がして、なぜだか胸が痛苦しくなった。

そんな日々をくり返すうちに、カイナがこの場所で目覚めてから一月あまりが経っていた。

自分でも分かるくらい肉づきがよくなって、頬もふっくらしてきた。それでもまだ、ガリガリの骸骨から、痩せ細っている程度への変化だったけれど。

『抱き心地も手触りも、舌触りもよくなってきた』

黛嵐は嬉しそうに言いながら、カイナを背後から貫いた。

「あぅ…っ」

もう何十回も交わっているのに、獣の逸物はあまりに長大で太すぎて、どうしてもすべてを納めきることができない。半分にも満たない部分しか受け入れられない自分を情けなく思うあまり、カイナは思わず口走っていた。

「ぜ…ん部…、全部、欲し…ぃのに、黛嵐の…全部が…――」

欲しいと訴えたとき、張り裂けそうだった後孔の充溢がいくぶん楽になった。そして次の瞬間には、これまで届かなかった奥の奥まで熱くて硬い剛直が入り込んでくる。

「ひぅ…ッ――ぁ…ぁああ……っ」

あまりの衝撃に仰け反って、そのまま倒れそうになった身体を後ろから強く抱きしめられた。

腰と胸を抱える二本の逞しい腕。汗でぼやけた視界に映る波打ちながら流れ落ちる豊かな黒髪。

それが意味することに気づくまで、少し時間がかかった。

「あっ、や…っ、ぁん…あう…ゃッ…あッ……」

これまでにない複雑な動きで腰をこねられ突かれながら、下腹を抱えていた大きな手のひらで、すでに何度も吐精している自身を握られ、扱かれて、今背後から自分を抱いているのは人型になった黛嵐だと、ようやく思い至る。

「や…嫌だ、ぃや……あ、ぁあ、あぅ…っ」

人型の黛嵐に抱かれるのは嫌だと汗にまみれた首を振ったとたん、こらしめるように荒く腰を揺さぶられた。

「きゃぅ…ッ」

「欲しいと言ったり、嫌だと言ったり、君は本当にわがままだな」

蕩けるほど甘い声で詰《なじ》られながら、焼けつくほど強く腰を押しつけられて、体奥に熱い迸りを受けた。瘦せた腹腔がぷくりと盛り上がるほど、大量の精液で満たされてゆく。そしてカイナの若茎が吐き出す精は、すべて黛嵐の口中に消えるのだ。ひと雫も無駄にしない勢いで。

「俺が相手じゃなかったら、どれだけひどい目に遭ったことか――。君を見つけたのが俺だったことに感謝してほしいくらいなのに。君が人間の男を信用しない気持ちは分かるが、俺のことくらい受け入れてくれ」

もう何度目になるか分からない「受け入れてくれ」という言葉と一緒に、繋がったまま ぐるりと身体をひっくり返されて、正面から向き合う形に体位を変えられた。強引な動きのせいで接合部からぐじゅりと淫猥な音がして、熱い粘液がにじみ出る。黛嵐はそれを指で掬い、涙と汗でぐしょぐしょに濡れたカイナの唇に押し当てた。

「舐めて」

「や…」

呻いて背けようとした頭を後頭部で押さえられ、むりやり滑り込んできた指の腹で舌に精汁をこすりつけられた。

男の精を飲まされたことなら何度もある。ハヤトにも、ハヤトの友人たちにも。黛嵐の行為は彼らの無慈悲さを思い出させて、思わず涙がこぼれ落ちた。

「ひどい…」

「そいつらと俺のは違う」

何が違うのか。心中でそう叫びながら口中の苦味を吐き出そうとして、それが少しも苦くなく、むしろむせ返るほど甘く豊潤なことに気づいて呆然とする。

「分かったか?」

「ど…して」

「俺はこの山の神だと言っただろう。神の精だ。特別な力がある。本当はここから直接飲んでほしいんだけど、それはまあ、今度にしよう」

黛嵐はそう言いながら、後孔に納めている男根をぐり…と蠢かせてカイナに悲鳴を上げさせた。

そうしてカイナの胴をつかんで上下させながら、抉るように腰をまわして抽挿を再開する。

胡座をかいた男の腰に座った形でカイナは人の姿の黛嵐に抱かれた。嫌だと思っても抗っても、ろくに力の入らない手足ではどうにもならない。黒豹の姿のときはもっとやさしくてわがままを聞いてくれたのに。嫌だと言えば止めてくれたのに。

「嫌い…、黛嵐なんて嫌いだ……、クロのほうが…いい」

思わず唇から洩れた恨み節は、甘えの裏返し。

ひと月もの間、黒豹の黛嵐に大切に扱われたせいで、少し気が大きくなっていたのかもしれない。けれど、人の姿をした黛嵐よりも黒豹の黛嵐のほうが好きなのは事実。

正直にそう思った瞬間、後孔が張り裂けるかと思うほど中の剛直が太さと長さを増し、獣型に変化した黛嵐に押し倒されていた。獣型で正面から抱かれたことは何度もある。けれどその剛直をすべて身の内に納めた状態では初めてだ。

「――――……ッ」

声も出ない苦しさで、救いを求めることも許しを請うこともできないまま意識が遠のく。

怒ったのだろうか？

でも、本当に嫌なんだ。

そんなに人の姿の『黛嵐』を受け入れてほしいなら『ソラ』に受け入れてもらえばいいじゃないか。そう叫びたいのをずっとこらえてきた。

逞しく雄々しく神のように美しい男が、自分みたいにみすぼらしい人間を愛したり大切に想ったりするわけがない。何か理由があって利用したり、一時の慰めとして遊んでいるだけとしか思えない。きっとすぐに飽きて捨てられる。もっときれいだったり利用価値のある人を見つけたら、自分はすぐに捨てられる。

ハヤトがそうしたように。

獣の姿ならそんな不安に襲われることなく、ただ安心していられる。

だから〝クロ〟がいい。だから〝黛嵐〟は嫌……。

ずっとここにいたい。捨てられたくない。だから…。

眦から涙がこぼれ落ちるのを感じながら、カイナは完全に意識を手放した。

☙

こんな子ども相手に自分でもなぜかと思うほど熱い怒りに突き動かされて、黛嵐はカイナの後孔から自身を引き抜いた。そのまま意識のないカイナの胸にまたがり、後頭部を持ち上げると、まだ吐精を果たしていない昂ぶりを半開きの唇に押しつけて、無理やり口中に含ませる。歯が当たらないよう、指で支えて大きく開けさせたまま何度か腰を前後させ、喉奥に精液を迸らせた。むせないよう気をつけて角度を調整しながら、大量の白濁をなんとか嚥下させ終わると、ようやくほっと肩から力が抜けて凶暴な怒りが収まった。

本来なら自らの意思で飲むべきものだが、カイナの場合は最初から正式な手順を踏んで入山したわけではないから、気にしないことにした。

神獣が贄の精を飲み、贄も神獣の精を飲めば、正式に契約が果たされたことになる。

これでカイナは神獣である自分に連なる者となった。時の流れの摂理が人界から神界のものになり、この先ここから逃げ出して人界に戻りたいと思っても、長く人と交わることはできない。

同意を得ないまま精を飲ませたことをあとで責められるかもしれないが、かまうものか。

こっちはひと月も時間をかけて譲歩し続けてきたんだ。人の姿は嫌だと言われれば獣の姿で、辛抱強く。クロなどというふざけた名前で呼ばれても我慢して、馴染むのを待ってやった。

人型の黛嵐は相変わらず嫌われているが、獣型は好かれてる自信がある。だからもう充分だ。

「これでもう、君は俺のものだ。俺だけの…」

珀焔と神来山に降り立ったのはもう何千年も昔だが、いつもかならずひとりの贄をふたりで分け合ってきた。別々の贄を手に入れることなど一度もなかった。

——別々の贄。

そうだ。カイナが俺の贄として精気を与えてくれるなら、もうソラを珀焔と共有しなくていい。

このひと月あまりの間、カイナは順調に体力を取り戻し、同時に叶精する蜜の甘みも日に日に増してきた。まだ充分とはいえないが、胡狼に穢されて神気を損なっているソラと同じくらいの

滋養は得られる。だから、

「もう、ソラは抱かない」

それが一番正しいことに思える。

ソラは珀焔を愛している。本当は彼の相手だけをしたいはずだ。それでも文句ひとつ言わず黛嵐を受け入れているのは、ただひたすら健気に、贄としての義務を果たそうとしているからだ。

「けれど俺にはカイナがいる」

俺はカイナを得た。

「この子は俺のものだ。俺だけの……――」

きつい抱き方をしたせいで意識を失っている痩せた少年を抱き上げ、黛嵐は己に言い聞かせた。

ソラが胡狼に襲われて穢れを受け、正式な手順を踏まず神域に入り込んだカイナを自分が見つけたのは、きっと偶然ではない。


「だからもう、俺の相手はしなくていい」

カイナを褥に寝かしつけたあと、山頂の神域に戻った黛嵐は、寄り添い睦み合っていたソラと珀焔に向かってそう宣言した。

「俺はカイナという贄を得た。これからはそれぞれ自分の相手で精気を養おう」

「カイナって、誰?」

珀焔より先に、ソラが安堵と寂しさが入り交じった複雑な表情で訊ねると、黛嵐が答える代わりに珀焔が口を開いた。

「カイナというのは山の中腹にある泉の隠れ処に囲ってる、あの貧相な子どものことか？」

「見たのか？」

「ああ。哨戒中に見つけた。別に声をかけたり、かかわったりはしてないから安心しろ。それにしても、そなたは本当に趣味が悪いな。あんな目つきの悪い痩せっぽちのどこがいいんだ？」

「……」

悪気なく正直な感想を述べる珀焔に、黛嵐は内心で溜息をついた。代わりにソラが、無神経な恋人を諫めてくれた。

「珀焔。だめだよ、そんな言い方したら」

「なぜだ。私は正直な感想を述べただけだ」

「でも、黛嵐が贄に選んだ人のこと、そんなふうに言ったら傷つくよ」

珀焔はさらに反論しかけたものの、ソラが悲しげに眉尻を下げると歯切れ悪く口を閉じた。

ソラの言い分に、黛嵐は心中で大きくうなずいた。

珀焔も最初はソラのことを「みすぼらしい」だの「品がない」だのと、散々けなしていたくせに。今では見ているこっちが恥ずかしくなるほどソラにべた惚れで、歯が浮くような睦言を雨あられと注いでいるって知ってるんだぞ。おまえは俺に気づかれてないと思ってるみたいだが、こっちはちゃんとお見通しなんだ。そんなことを言えばいたたまれないだろうからと、せっかく見て見ぬふりをしてやっているのに。

「まったく…」と、黛嵐は悪態をつきたくなるのをこらえてカイナの擁護をした。

「――確かに、今はまだ痩せて貧相に見えるかもしれないが、しばらく養生すれば可愛くなる」

ソラより、という言葉は呑み込む。

「ふん。身代わりというわけか。確かにあの少年は、ここにやってきたばかりの頃のソラに少し似ているかもしれないな。まあ、そなたがそれでいいのなら、私は別にかまわないが」

もちろんソラもと続けた珀焔の指摘に、奇妙な具合に胸が鳴った。

「俺は別に…」

身代わりでカイナを自分の贄にしたわけじゃないと言いかけて、本当にそうだろうかと思い直す。確かに最初は、ソラが自分を愛してくれない寂しさを紛らわすいい気晴らしになると思った。けれど世話をして、名前を呼んでもらおうと躍起になって、気がついたときには捕まっていた。

「俺は別に、身代わりのつもりでカイナを」

贄にしたわけじゃないと言い直そうとしたとき、背後の茂みががさりと音を立てた。

「誰だ！」

珀焔がとっさにソラを庇いながら誰何する。同時に稲妻より早くふり返った黛嵐の目に映ったのは、茂みをかき分けようとして固まっているカイナの姿。

「カイナ…⁉　なぜここに？」

驚いて目を瞠り、それから「ああそうか、俺の精を飲ませたから結界を抜けられるようになったんだ」と思い至る。目を覚ます前に戻るつもりだったから、警戒を怠った。不用心に山を降りたりせず登ってきてくれてよかった。

「ちょうどいい。今、君のことを話していたんだ。彼らは珀焔とソラ。俺の」

半神とその贄だと説明しながら近づくと、カイナは血の気の失せた蒼白な顔を左右に振り、唇を震わせて何か言いかけた。けれど結局何も言えず後退り、黛嵐が伸ばした指先が触れる前に茂みの向こうに姿を消した。まるで臆病な小動物が巣穴に逃げ込むように素早く、秘やかに。かき分けられていた茂みがガサリと音を立てて元に戻り、芝生を踏んで走り去るかすかな足音が続く。

「カイナ…？」

突然の成りゆきに呆然と立ちすくみかけた黛嵐を叱咤《しった》したのは、ソラの声だった。

「黛嵐、追いかけて！　今すぐ、早く！」

切迫した声音にハッと我に返り、黛嵐は急いでカイナを追いかけた。


〜

珍しく腹を立てた黛嵐にひどい抱かれ方をして気を失い、喉が渇いて目覚めたとき、それまでとは何かが違うとカイナは感じた。ぼんやりと身を起こして、己の両手をじっと見る。

別に姿が変わったわけではない。けれど、やっぱり何かが違う。

「……？」

小首を傾げつつ、とりあえず喉を潤すために泉へ行き、水を飲んだ帰り道、ふと思い立って、
褥の周囲をぐるりと取り囲んでいる茂みの一画をかき分けてみた。いつも黛嵐が姿を消す場所だ。

「あれ？　通れる」

昨日まではどんなに押しても揺すっても動かず、向こうを見ることすらできなかったのに。今
日は驚くほどすんなりかき分けられる。まるで枝が自ら動いて道を作ったように。

ここに来てかれこれひと月以上経つけれど、こんなことは初めてだ。何かが変わったと感じた
のはこれのせいだったのか。不思議に思いつつ、カイナはせっかくの機会を活かすことにした。

少しでも早く黛嵐に会いたい。

会って、何を言えばいいのか分からないけど。でも、とにかく会って話がしたい。

どうして突然あんなに怒ったのか。

「聞かなくて、理由は分かってるけど…」

オレがいつまでも、人の姿の黛嵐を嫌がってるからだ。でも、あんなに腹を立ててるとは思わな
かった。無理やり根元まで含まされた後ろが、まだじんじんと疼いている。

小さく溜息を吐いて茂みを通り抜けると、細い小道が上と下に向かって伸びている。下に行く

のは気が進まない。カイナは心の声が命じるまま、上に向かって歩きはじめた。

小道はゆるく蛇行しながら続いていた。左右には瑞々しい葉を茂らせた立派な木々が立ちならび、根元には色とりどりの花々が咲き誇っている。風が吹くたび甘い香りが漂って、頭上では澄んだ鈴の音のような鳥の鳴き声が響きわたる。

——ここは神々の棲まう場所。

ふいに脳裏を過ぎった言葉は、ここに来たばかりの頃黛嵐が教えてくれたもの。彼は自分のことを神獣だと言った。

「そういえば『俺たち』って言ってたっけ。たちってことは他にもいるってことかな」

カイナは美しい景色を眺めながら、自分がまだ夢の中にいるのではないかと、時々頬をつねりしながら歩き続けた。上りの勾配はかなりきついはずなのに不思議と息があがらない。身体も足取りも驚くほど軽い。痛みも寒さもひもじさも感じないというのは、なんて幸せなんだろう。

浮き立った気分のまま、カイナは山頂らしき一画にたどりついた。

これまでも充分美しかったけれど、そこは特別な雰囲気が漂っていた。

幾重にも護られた神聖な場所。大切な場所。カイナは本能的に足音をひそめて、小さな花で覆い尽くされた白壁のような茂みにそっと近づいた。向こうで誰かが話している声が聞こえる。

『カイナというのは——、あの貧相な子どものことか?』

会話に自分の名前が出てきたとたん、わけもなく動揺して血の気が引く。

『あんな目つきの悪い痩せっぽちのどこがいいんだ?』

責めるような、揶揄するような、冷たい印象の声。それに応えて、涼やかな少年の声が何か言い返している。「駄目だ」とか「贅なんだから」とか。切れ切れでよく聞き取れない。

さらに息をひそめて耳を澄ますと、黛嵐の声が聞こえてきた。

『確かに——…痩せて貧相に見える——』

肯定した言葉はカイナのことを指している。本当のことだから、別に傷ついたりしない。けれど続けて聞こえてきた内容は、どう受け止めていいか分からなかった。

『ふん。身代わりというわけか。確かにあの少年は、——ソラに少し似ているかもしれないな』

尊大で傲慢そうな声。それに応える黛嵐の言葉。

『俺は——、身代わりのつもりでカイナを』

ヒクリと嫌な具合に喉が締まって息ができなくなる。『ソラの』『身代わり』という言葉だけで、その瞬間すべてが理解できた気がした。

——黛嵐は、『ソラ』の身代わりとして、オレを利用した。

自分はそのことに、もうずっと前から気がついていたと思う。覚悟はとうにできていたはずなのに、辰砂をぶちまけられたように頭の中が緋色に染まって他に何も考えられなくなる。この先にいるのは本当に黛嵐なんだろうか。

思わず腕を動かして茂みをかき分けると、ぽかりと空けた広場のような場所に、黛嵐と同じくらい際立った体格と容姿をした、けれど薄情そうな美丈夫がひとり、その横にぴたりと寄り添う自分と同じ年格好の少年がひとり。一対の絵のようなふたりと相対して立っているのは、やはり黛嵐に間違いなかった。

「カイナ…⁉　なぜここに？」

オレのことを貧相だと認め、ソラの身代わりだと認めた男が、驚きあわてた顔でふり返る。

「ちょうどいい。今、君のことを話していたんだ。彼らは珀焔とソラ。俺の」

珀焔とソラ。たぶんあっちの目つきの鋭い冷たそうな男が『珀焔』で、そのとなりに寄り添っているやさしそうなのが『ソラ』だ。

オレがあれの身代わり…？

全然似てなんかいないじゃないか。歳と背格好と、髪と瞳が黒いところくらいしか似てない。向こうのほうがずっときれいで儚くて、どこもかしこもすべすべで艶々してて——。

——それでもかまわない。年格好だけ似てればいいってことか。

だからもっと太れとか、肌の艶がよくなったとか髪の手入れをきちんとしろとか、あれこれ世話を焼いてくれたのか。目を閉じて抱いたとき手触りだけでも似るように。

やっぱりあんたもハヤトと一緒だ。オレを利用してるだけじゃないか…！

そう詰ってやりたかったのに、喉を締められたみたいに苦しくて声など出ない。唇からこぼれたのはかすれた吐息だけだった。

「カイナ」

名を呼びながら伸ばされた黛嵐の腕が届く前に、カイナはその場から飛び退いて逃げ出した。

命を助けてもらって食べ物ときれいな服をもらって、安心して眠れる場所まで与えてもらって。

これ以上何が欲しいと言うんだ。これ以上を望むのは贅沢だって、思い上がりだって、何度も自分に言い聞かせてきたのに……！

来た道を駆け下りながら、涙がこぼれて仕方なかった。息がうまくできず、目もよく見えないまま、闇雲に茂みをかき分けて下り続けていると、後ろから追いすがる黛嵐の声が聞こえた。

「カイナ……！」

追われるとよけい逃げたくなる。独りになりたい。独りになって身を丸めて、胸にできた大きな亀裂を癒したい。カイナはひたすら走り続け、毎日水浴びをしている泉にたどりついた。黛嵐に追いつかれる前に取り出そうと、急いで平石を重ねて作った物入れを確かめる。

「ない、どうして…⁉」

ちゃんと洗って干して、畳んでしまっておいたはずなのに。

「カイナ、どうして突然逃げたりするんだ」

追いついた黛嵐に背後から声をかけられたけど、答えることができなかった。自分でもよく分からないからだ。ただ、あの場にはいたくなかった。まるで磨き抜いた宝玉の中に、ひとつだけ混じった石ころのように、自分だけが場違いだと感じたあの場所には。

黛嵐を無視する形であたりを確かめていると、どこか面白がる口調で訊ねられる。

「何を探してるんだ」

カイナは背を向けたまま答えた。

「オレの服」

「ああ。それなら捨てた」

あまりにもあっさりと宣言されて、カイナは思わずふり返って叫んだ。

「捨てた⁉」

「ああ。別に思い出の品というわけでもないだろうし、君にはもう必要ない」

「どうしてあんたにそんなことが分かるんだ？」

「君こそ、今さらあんな服を探してどうしようって言うんだ」

「ここから出てく」

その宣言は、自分が本当にそんなことを望んでいるのかきちんと考える前に、するりと口から飛び出していた。カイナがそう言い出すのを予期していたのか、黛嵐は軽く目を瞠っただけで、それ以上驚いた素振りは見せなかった。足を踏み換えて腰に手を当て、右の手のひらを天に向け、

「なぜ？　ここを出ても行くあてなどないはずだ」

何もかもお見通しだと言いたげな、含みのある言い方に腹が立った。

「――捨てられる前に、自分から出てく」

頭では馬鹿なことだと分かっている。せっかく手にした幸運――暖かな寝床と豊富な食べ物、安全な居場所を捨てて山を下りても、待っているのは野垂れ死にだけ。それくらいなら、暖かい布団と甘い菓子と引き替えにハヤトに抱かれていたことと同じだと割り切って、妥協して、飽きて捨てられるぎりぎりまで慈悲にすがってみせればいい。

心の中のずるくて卑小な自分はそう嘯《うそぶ》く。けれどもうひとりの自分が、もう二度と、好意を抱いた相手から「おまえはもう用なしだ」などと言われたくない。使い古した玩具のように、他の男に投げ与えられるようなみじめな目には遭いたくないと泣き叫んでいる。

「もう嫌なんだ。そんなのは…！」

こぶしを握りしめ、地面を見つめたまま小声で吐き出すと、

「捨てる？　誰が？」

黛嵐はわざとのように、芝居がかった仕草であたりを見まわした。カイナは服を探すのをあきらめて立ち上がり、夏の陽射しの化身のような神々しい美丈夫を睨み上げた。

「あんたが、『ソラ』の代わりにオレを利用することに飽きて、捨てる前に、だよ」

言葉にした瞬間、自分で「ああそうか」と納得する。

オレは飽きて捨てられるのも恐かったけど、それ以上に自分が『ソラ』の身代わりに過ぎないってことが辛かったんだ。黛嵐に惹かれれば惹かれるほど、それが辛くて苦しくて、認めたくなかった。でももう無理。自分で、きっとそうだろうと予測するのと、本人の口から事実を告げら

れるのでは重みが違う。

誤解しようがないようにひと言ずつ区切ってきっぱり説明すると、黛嵐は額を軽く押さえながら「やっぱり聞いてたのか」とか「まあ誤解するよな」とか、口の中でぶつぶつとつぶやいてから、溜息交じりに顔を上げた。

「何度言えば分かるんだ。俺は君をひどい目に遭わせた人間とは違う。君を利用して捨てたのはハヤトという男で、俺じゃない。なぜ君は、ハヤトと俺を重ねて考えることを止めないんだ」

面と向かって指摘され、彼がなぜハヤトのことまで知っているのかと焦った。

「な…、どうして…」

「どうしてハヤトのことを知っているのかって？　俺は神獣だと言っただろう。そして君は俺の贄だ。君が過去に受けた仕打ちも、想いも、知ろうと思えば全部分かる。神と贄とは――俺と君とは、そういう関係なんだよ」

黛嵐は言いながら一歩踏み出してカイナに近づいた。カイナは力なく首を横に振りながら、さらに同じだけ後退る。

「自覚はないようだけど、君は自ら望んでここに来た」

さらに一歩近づく。カイナは後退る。

「そして、君は最初にここで目覚めたとき、果実の中から葡萄を選んだ。――それが答えだ」

「ど…」

どういう意味なのか分からないと首を振ると、黛嵐はさらに一歩、彼我《ひが》の距離を縮めてきた。

カイナはさらに後退ろうとして背中に当たった茂みに阻まれ、逃げ場を失う。

「人の姿をしている俺は、人と同じように必ず裏切ると思っているのか？　だから獣の姿しか信じないのか？」

「――……」

図星を指されて声が出ない。黛嵐が目の前にやってきたけれど、逃げ出せないまま うつむいてしまうと、頬に温かな手のひらが重なって、静かに上を向かされた。

「カイナ。俺は君を贄に選んだ。この絆は君の命が尽きる日までずっと続く。俺から君を捨てることは決してない。俺は君が可愛いと思ってる。今もそうだけど、きっとこの先もっと愛しいと思うようになる」

低く甘い声で立てつづけにささやかれ、催眠術にかかったように抵抗できなくなる。このまま、甘い睦言を素直に信じることができたらどれだけ幸せだったろう。けれど男の言葉をうっかり真に受けてひどい目に遭った過去の記憶が、楽観と期待を挫《くじ》く。

ハヤトも同じように甘い言葉をささやいた。何度も、何度も。けれどそれは全部その場しのぎの戯れだった。黛嵐も口ではなんとでも言える。けれど、寝言で呼んだのはカイナの名前ではなく『ソラ』だった。それが何より雄弁に語っている。

「でもそれは、ソラの身代わりとしてだろ？　オレがソラに似てたから、あなたはオレを助けてくれた。オレがソラに似てたから〝贄〟にしようと思った。オレがソラに似てるから、愛しく思うようになる。——違う？」

「カイナ、君はどうして…」

黛嵐は焦れたように眉根を寄せて溜息を吐く。傷ついたように首を小さく振り、もう一度口を開きかけたとき、近くの茂みがガサリと動いて白銀の髪を持つ長身の男が現れた。

「さっきから黙って聞いていれば馬鹿馬鹿しい。おまえのどこがソラに似ているというんだ？冗談も休み休み言え」

「珀焔」

尊大な物言いをしながら近づいてくる珀焔を、黛嵐が苛立った口調で制止する。

「珀焔。頼むから、今は余計な口出しをしないでくれ」

「余計とはなんだ。私はただ事実を述べているだけだ。そこのしなびた胡瓜《きゆうり》みたいな——カイナと言ったか？　おまえのどこがソラに似ていると言うんだ」

しなびた胡瓜呼ばわりされても、事実なので反論できない。唇を噛みしめてうつむいたカイナを背後に庇い、黛嵐がぐっと身を乗り出して強い口調で反論する。

「珀焔、それ以上カイナのことをひどく言うな」

「私は本当のことを言ってるだけだ。おい、チビ助、思い上がるのも大概にしろ。おまがソラに似てるのは髪と瞳が黒いところくらいだ。他はどこも似てない。ソラはおまえみたいに目つきの悪い雀斑だらけの卑屈な人間とはちがう。外見の美しさだけでなく、心根も素直で気高くて」

「止めろ！　それ以上カイナを侮辱するな！」

黛嵐の怒鳴り声を初めて聞いた。驚くカイナの目の前で、黒豹に変化した黛嵐が珀焔に飛びかかる。黛嵐の鋭い爪が触れる寸前、同じように白虎に変化した珀焔が迎え撃った。

「ガゥウウアアァァ――ッ！」

「ゥヴガルル…！」

獣の姿に戻った二頭は一度激しく身体をぶつけ合ったあと、互いに飛びのいて距離を取り、地を這うような呻り声を響かせた。そこへ今度はソラが飛び込んでくる。

「珀焔！　黛嵐も止めて！　どうして喧嘩なんて…⁉」

ソラが現れたとたん、珀焔は少したじろいだように身を退きかけた。けれど黛嵐がその分距離をつめて飛びかかろうとしたため、すかさず身をひねって身構える。そして再び睨み合う。

「珀焔！　黛嵐！」

ソラがもう一度懇願する。けれど黛嵐は退かない。だから珀焔も退けない。それを察したソラが、呻り合う二頭の神獣を迂回して小走りにカイナの傍までやってきた。

「カイナ…！　黛嵐を止めて」

真珠でできたような指先で袖をつかまれ、鈴が転がるような声で訴えられて、カイナはたじろいだ。近くで見るとソラは本当にきれいな少年だった。珀焔が言った通り、髪と瞳が黒くて年頃が近いこと以外、自分に似ているところなどどこにもない。黛嵐が自分をソラの身代わりにしたと思ったのは、確かに誤解だったかもしれない。

思わずそんなことを考えていると、切羽詰まったささやき声で言い募《つの》られた。

「お願いだから黛嵐を止めて。おれもここに来た最初の頃、珀焔には散々ひどいことを言われた。でも黛嵐があんなふうに怒ったことは一度もなかった」

同じ高さにある澄んだ瞳に嘘はない。カイナの胸がなぜかドクンと大きく疼いた。

「ふたりがあんなふうに争うところだって、一度も見たことがない」

「嘘…」

またひとつ、心の臓が大きく脈打つ。期待しては駄目だといくら言い聞かせても、逸る鼓動が理性を蹴散らしてゆく。

「本当だよ。黛嵐は君のために、これまで一度も争ったことのない珀焔に戦いを挑んでる。きっと君の制止なら聞いてくれる。お願いだから、ふたりが怪我をする前に喧嘩を止めて」

そんな馬鹿な…と思いながら、胸は期待と喜びで痛いほど高鳴りはじめる。

「黛嵐が、オレのために…？」

そう理解した瞬間、カイナは飛び出していた。

「黛嵐！　止めて」

叫びながら黛嵐に駆け寄ると、ソラも同じように珀焔に近づいて身を退くよう促した。

「あいつの言ったことは本当だから…別にオレは怒ってない。だから黛嵐も喧嘩は止めて」

「グゥゥ……」

「黛嵐、ありがとう。オレのために怒って……くれたんだよね？」

珀焔との間に割って入る形で正面から黛嵐の首筋に抱きついた瞬間、氷が溶けて流れるように獣の姿が人に変わる。手のひらが触れていた温かな毛並みが張りのあるなめらかな肌に変わって、胸のあたりにあった頭部が見上げる高さになった。艶やかな体毛の代わりに、ゆるい癖のある豊かな黒髪がしなやかに流れ落ちて視界をふさぐ。

「そうだよ、カイナ」

腰と背中を力強い両腕で抱き寄せられて、目の前に夏空のように鮮やかな青い瞳が迫る。吐息とともに唇が重なり、厚い胸板にぴたりと身体がくっついて鼓動と熱が伝わってくる。舌で口中をまさぐられ、くちゅりと淫猥な音がした。

「ふ……ぅっく」

痺れるほど舌を吸われ、流し込まれた甘い唾液を飲み下すと、黛嵐はようやく唇接けを解き、少しだけ顔を離して確認してくる。

「俺のことを、信じる気になった？」

「――…うん」

言葉だけでなく、身をもって証明してくれた。だからまだ少し恐いけど、信じようと思う。

カイナは素直に認め、それから申し訳ない気持ちで正直に言い添えた。

「でも、オレはやっぱり…豹の姿のあなたのほうが好きだ」

☙ 神を抱く腕《かいな》 ☙

下界は厳しい冬の最中だが、結界に護られた神来山は晩春から初夏の気候を保っている。

黛嵐が山頂に自分とカイナ専用の〝庭〟を作って移り棲んだのは、例の誤解騒ぎのすぐあとだった。あれから数ヵ月が過ぎ、肋が見えていたカイナの胸はしっとりと手触りのいい肉がつき、髪は青味を帯びた艶が出るようになった。目の上を覆うようだった前髪を切りそろえて横に流すようにしたおかげで上目遣いが減り、目尻の切れ上がった一重の瞳の美しさが際立つようになった。鼻のまわりと頬に広がる雀斑は相変わらず残っているが、いずれ薄くなって消えてしまうだろう。それはそれで惜しい気もするが、白皙のカイナというのも悪くない。

「なにニヤニヤしながら見てんの？　泳ぎたいなら一緒に泳ごうよ。——あ、それとも洗ってほしい？」

五色の泉の岸辺に生えた枝垂れ柳の木陰にのんびり寝そべって、一糸まとわぬ姿で水浴びしている情人の姿を見守っていた黛嵐は、声に応えてのそりと立ち上がった。別にニヤニヤなんてしてないぞと言い返す代わりに、ぐっと背を反らせて伸びをしてからするりと水に入り、そのまま一直線にカイナの傍へ泳ぎ寄る。水面に散った桃色の花弁が、波打ちに合わせてゆらゆら揺れる様が美しい。

「ぐぅるる…」

獣の身体をカイナに洗ってもらうのは一番のお気に入りだ。自然に喉奥が鳴ってしまう。

お望み通り洗ってもらおうじゃないかとばかりに、押し倒す勢いで身体をぶつけると、カイナは「あはは」と声を上げて笑い、すんなり伸びた両腕で黛嵐を抱きしめた。そのまま濡れた鼻先に唇接りを受けて、こちらもぺろりと舐め返す。

「黛嵐。オレはあなたが好きだよ」

カイナが自分の名を呼ぶ。黛嵐はそのことに深い満足を覚えながら、愛おしそうに黒い毛並みに触れるカイナの指遣いにうっとりと目を閉じた。

CROSS NOVELSをお買い上げいただき
ありがとうございます。
この本を読んだご意見・ご感想をお寄せください。
〒110-8625
東京都台東区東上野2-8-7　笠倉出版社
CROSS NOVELS 編集部
「六青みつみ先生」係／「稲荷家房之介先生」係

CROSS NOVELS

空の涙、獣の蜜

著者

六青みつみ

2012年4月24日　初版発行　検印廃止

発行者　笠倉嗣仁
発行所　株式会社　笠倉出版社
〒110-8625　東京都台東区東上野2-8-7　笠倉ビル
[営業]TEL　03-4355-1110
FAX　03-4355-1109
[編集]TEL　03-4355-1103
FAX　03-5846-3493
http://www.kasakura.co.jp/
振替口座　00130-9-75686
印刷　株式会社　光邦
装丁　磯部亜希
ISBN　978-4-7730-8606-5
Printed in Japan

CROSS NOVELS